Alexandra Fischer Hunold

Rettet das Internat

Laura@Internat

Band 4

KeRLE
bei Herder

Freiburg · Wien · Basel

Gedruckt auf umweltfreundlichem,
chlorfrei gebleichtem Papier

Umschlaggestaltung und Innenillustrationen:
Julia Ginsbach

www.kerle.de
Satz: Barbara Herrmann, Freiburg
Druck und Bindung: fgb – freiburger graphische betriebe 2004
www.fgb.de
ISBN 3-451-70534-6

Über den Wolken

Mit eiligen Schritten hastete Laura über den Gang. Hektisch schaute sie immer wieder zwischen Bordkarte und Sitzreihen hin und her. Ah, da war ja ihr Platz. Schnell strich sie ihr kinnlanges, dunkelbraunes Haar hinter die Ohren und wuchtete ihren Rucksack in das Gepäckfach. Dann rutschte sie zu ihrem Platz durch. Während sie blind den Sicherheitsgurt um ihre Hüften legte, schloss und festzog, drückte sie sich an der Fensterscheibe die Nase platt. Wie gewaltige Käfer krochen Flugzeuge über den Boden entweder ihrem Gate entgegen oder in Richtung Startbahn ihrem eigentlichen Bestimmungsort zu – dem Himmel. Ungeduldig warf Laura einen Blick auf ihre Armbanduhr: 18.00 Uhr. Gleich musste es losgehen. Kopfschüttelnd dachte sie an das Gespräch mit ihren Eltern. Unfassbar!

Unglaublich! Eine Unverschämtheit! Was ihre Freundinnen wohl dazu sagen würden?

Ein verspäteter Passagier warf sich keuchend in den Sitz neben ihr und nickte ihr kurz zu. Sie erwiderte den Gruß.

„Na, bist zu auch auf dem Rückweg aus den Sommerferien?“, fragte der Mann freundlich.

„Ja, übermorgen fängt die Schule wieder an“, antwortete Laura.

„Für mich auch“, gab der Mann lachend zurück. „Ich gehe nämlich auch noch zur Schule. Ich bin Lehrer!“

Laura nickte. Ob der ihr vielleicht weiterhelfen konnte? Sie beschloss die Beantwortung dieser Frage auf später zu vertagen.

Endlich, endlich wurde die Flugzeugtür geschlossen. Die Flugbegleiterinnen schritten durch den Gang, beantworteten hier und da freundlich eine Frage, während sie die Gepäckfächer schlossen und Erfrischungstücher verteilten.

„Ist bei dir alles in Ordnung, Laura?“, wandte sich eine der Flugbegleiterinnen an sie. Ihr Namensschild wies sie als S. Benrath aus.

„Alles O.K., Frau Benrath. Danke!“, lächelte Laura. „Wann kann ich denn einen Laptop haben?“

„Du willst im Internet surfen“, mutmaßte die Flugbegleiterin. „Da musst du noch ein bisschen warten, bis wir unsere Reiseflughöhe erreicht haben. Unser Purser, der Chef der Kabine also, sagt gleich etwas dazu.“

Laura nickte und begann nervös mit dem Fuß auf dem Boden zu tippen.

„Guten Tag, meine Damen und Herren“, begrüßte der Purser da auch schon die Fluggäste. Ein leiser Ruck, der die Maschine kurz erschütterte, verriet Laura, dass sie sich gerade von der Gangway gelöst hatten und sich jetzt auf den Weg zur Startbahn machten.

„Im Namen von Flugkapitän Eichborn begrüße ich Sie ganz herzlich an Bord unserer Boeing 747–400 Sachsen-Anhalt auf unserem Flug von Washington DC nach Frankfurt Main.“

Die Boeing rollte an den anderen Flugzeugen vorbei, die entweder gerade gelandet waren oder neue Passagiere für den nächsten Flug an Bord nahmen.

„Unsere Flugzeit wird voraussichtlich sechs Stunden und 45 Minuten betragen“, fuhr der Flugbegleiter fort. „In Kürze servieren wir ein Abendessen und bieten eine Auswahl von Getränken an. Außerdem haben Sie die Gelegenheit, hier an Bord zollfreie Artikel einzukaufen.“

„Mach doch voran!“, flehte Laura und sandte einen beschwörenden Blick gen Himmel.

Der Purser tat ihr den Gefallen und beeilte sich. „Im Rahmen eines Pilotprojekts testen wir an Bord der Sachsen-Anhalt erstmals eine neue Technik, die es Ihnen ermöglicht, während des Fluges nicht nur über den Atlantischen Ozean, sondern auch blitzschnell durchs Internet zu reisen.“

Beifälliges Raunen der Fluggäste. Laura richtete sich kerzengerade auf und ihr Herz begann vor Aufregung wie wild zu schlagen. Als Computerfreak brannte sie darauf die neue Technologie auszuprobieren. Sie würde mit zu den wenigen gehören, die schon jetzt von einem Flugzeug aus online gehen konnten. Fantastisch! Außerdem würde sie auf diese Art und Weise auch gleich ihre Freundinnen kontaktieren, um ihnen – wenn sie es nicht schon wussten – die unfassbare Neuigkeit mitzuteilen.

„Sobald die Anschnallzeichen erloschen sind, verteilen unsere drei FlyNet-Assistants Leihlaptops, mit denen Sie bequem und drahtlos sofort online gehen können. Das Surfen im Internet ist in dieser Testphase noch kostenfrei. Bei weiteren Fragen wenden sie sich bitte an mich oder meine Kollegen. – Wir wünschen Ihnen einen angenehmen Flug und stehen Ihnen jederzeit zur Erfüllung Ihrer Wünsche zur Verfügung!"

Kurze Zeit später flammten Monitore in den Gängen auf und ein freundlicher Flugbegleiter sowie eine strahlende Flugbegleiterin erklärten den Passagieren auf Deutsch und Englisch die Handhabung der Sauerstoffmasken und Schwimmwesten und die Lage der Notausgänge. Kaum war der Film zu Ende, hatte die Boeing ihre Startposition erreicht. Die vier Düsentriebwerke gaben vollen Schub. Die Maschine vibrierte. Als der Flugkapitän die Bremsen löste, setzte sich die Sachsen-Anhalt schnell in Bewegung und löste sich butterweich vom Boden. Laura wurde von dem Beschleunigungsdruck in ihren Sitz gepresst. Die Starts liebte sie besonders. Immer höher und höher stieß das Flugzeug in luftige Höhen. Laura blickte aus dem Fenster und beobachtete, wie der Flughafen, der mächtige Fluss Potomac unter ihr und das Pentagon, das amerikanische Verteidigungsministerium, neben ihr immer kleiner wurden. Sie legte den Kopf an die Rückenlehne und ließ angespannt von den Haarspitzen bis zu den Zehennägeln die

Anschnallzeichen nicht aus den Augen. Kaum waren sie verloschen, sah sie sich nach der freundlichen Flugbegleiterin um und schon kurze Zeit später kam ein FlyNet-Assistant, gab ihr einen Leihlaptop und schon war sie online.

Es war jetzt genau 18.45 Uhr amerikanischer Zeit. Schnell rechnete Laura nach. Da die ostamerikanische Küste durch ihre Lage auf dem Globus sechs Stunden hinter der Zeit in Mitteleuropa liegt, mussten jetzt die Uhren jenseits des Atlantiks 0.45 Uhr anzeigen. In einer viertel Stunde würden ihre Freundinnen, wenn alles nach Plan ging, ebenfalls online sein. Denn Laura hatte ihnen vom Hotel aus gemailt, dass sie heute Nacht um 1.00 Uhr mitteleuropäischer Zeit eine E-Mail von ihr erwarten sollten. Laura tippte in Windeseile und meldete sich beim Provider an. Erst suchte sie aus ihrem Adressbuch drei Adressen raus, bevor sie als Textmeldung schrieb: „Seid ihr da? Laura". Ein Klick – und die Nachricht verschwand im World Wide Web. Nachdenklich blickte Laura aus dem Fenster. Und schon wanderten ihre Gedanken über das Meer in Richtung Osten. Nach Hause – zum Internat Kloster Nauheim und zu ihren Freundinnen.

Über 6.000 Kilometer von Laura entfernt hockte Maren neben ihrem Bruder Rufus und feuerte ihn an: „Nun mach schon endlich! – Es ist gleich eins. Ich will wissen, was Laura uns zu dieser unchristlichen Zeit zu mailen hat!"

„Wenn du alles besser weißt, dann mach du es doch!", schlug Rufus vor und Maren entschied sich dazu, sich die nächsten Minuten auf das Halten der Taschenlampe zu konzentrieren. Denn schließlich war Rufus der Computerspezialist in der Familie, während sie sich für dieses Medium so gar nicht erwärmen konnte.

„Wenn Laura wieder da ist, muss sie mir unbedingt davon erzählen, wie es ist, hoch über den Wolken zu sitzen und online zu sein", schwärmte Rufus, während er sich einloggte. Maren verdrehte die Augen. Es war schon nicht leicht, wenn die beste Freundin eine absolute Computernärrin war und häufig mehr Zeit mit dem eigenen ebenso computerbesessenen Bruder vor dem Bildschirm verbrachte als mit ihr.

„Dann wollen wir mal schauen", grummelte Rufus leise vor sich hin.

Du musst *Posteingang* anklicken!" Leonie schaute über Ediths Schulter hinweg auf den flimmernden Bildschirm.

„Was hat Laura eigentlich in Washington getrieben?"

Edith, die bei Leonie die letzten Ferientage verbrachte, drehte sich zu ihr um.

„Die Firma, für die ihr Vater als Elektrotechnikingenieur arbeitet, will ihn nach Washington versetzen", klärte Leonie die Freundin auf. „Und da haben sie sich ihr zukünftiges Zuhause in den Ferien angeschaut."

„Laura hat es echt gut!", raunte Edith. „Die kommt ganz schön herum in der Welt!"

„*Posteingang* anklicken!", ermahnte Leonie sie und Edith wandte sich wieder dem Computer zu.

„Da!", rief sie plötzlich. „Da ist die Nachricht von Laura!"

„Und was will Laura?", fragte Greta ihre fünf Minuten ältere Zwillingsschwester Ida von der Tür her, wo sie mit

Argusaugen darüber wachte, dass ihre Eltern nicht auf die unsinnige Idee verfielen, zu nachtschlafender Zeit bei ihren Töchtern nach dem Rechten zu sehen.

„Bis jetzt fragt sie nur, ob wir da sind", antwortete Ida und tippte: „*Was ist denn los?*" in das Textfeld ein.

„Die ist ja lustig!", murrte Greta. „Wir wissen hier nicht, wo uns der Kopf steht und sie spielt tausende von Metern über dem Meeresspiegel mit einem Computer herum!"

Ida zuckte mit den Achseln: „Die weiß wahrscheinlich noch gar nicht, welche Krise hier ausgebrochen ist!" Mit diesen Worten klickte sie das Fenster *Senden* an und schickte ihre Frage auf die Reise von Deutschland über den Satelliten in 36.000 Kilometer Höhe direkt in den „Jumbo", der mit 870 Stundenkilometern über den Atlantik flog.

Laura überflog die Antwortmails ihrer Freunde und holte tief Luft.

„Darf ich dir etwas zu trinken anbieten?" Die nette Flugbegleiterin war wieder da.

„Später, vielleicht", erwiderte Laura.

„Wie du willst!", sagte die Flugbegleiterin und schob ihren Wagen weiter.

Schnell wandte Laura ihre Aufmerksamkeit wieder dem Laptop zu und tippte eilig:

„Falls es euch eure Eltern noch nicht gesagt haben:
Naui soll geschlossen werden!!!!!!!!
Ist das zu fassen? Einfach so! Und keiner fragt uns!
Angeblich ist nicht genug Kohle da!

Das ist doch das Letzte?
Meine Eltern suchen schon nach einem neuen Internat für mich! Aber ich sage euch, das lassen wir uns nicht gefallen! Nicht mit uns!
Alles Weitere besprechen wir Montag Nachmittag 16.00 Uhr in der Gartenlaube!
Die sollen uns kennen lernen!
Naui forever!
Laura

Schnell klickte sie das *Antwort an alle-Fenster* an, sank in ihren Sessel zurück und wartete.

Die Antwortschreiben waren eindeutig.

Die Botschaft war immer die gleiche:

Naui forever!

Mit einem strahlenden Lächeln wandte sie sich jetzt an ihren Sitznachbarn: „Und Sie sind Lehrer, sagten Sie …?“

Kriegsrat

Der weitläufige Park des Mädcheninternates Kloster Nauheim lag verlassen im Regen. Nur die Enten und Schwäne auf dem parkeigenen See schienen die Dusche bei sommerlichen Temperaturen zu genießen. Die übrigen Bewohner des Internates hatten sich in das Schulgebäude zurückgezogen, um den ersten Nachmittag im neuen Schuljahr mit trockener Haut zu verbringen. Nur aus der Gartenlaube, die versteckt mitten im Rosengarten lag, drangen Stimmen.

„Es ist 16.00 Uhr. Sind wir vollzählig?“ Edith warf einen prüfenden Blick in die Runde.

„Eine fehlt“, stellte sie schließlich fest.

„Du bist nicht umsonst unsere Klassenbeste!“, bemerkte Ida.

„Maren hat einen dringenden Zahnarzttermin. Sie kommt später“, entschuldigte Laura die Abwesenheit ihrer besten Freundin.

„Uuuah, Zahnarzt!“, stöhnte Leonie und verzog das Gesicht.

„Als Rufus mir erzählt hat, dass Nauheim geschlossen werden soll, hat es mir echt die Schuhe ausgezogen. Das kann doch nicht wahr sein?“, meldete sich Anton zu Wort und legte lässig einen Arm um die Schultern seines besten Freundes. Gemeinsam besuchten er und Rufus die neunte Klasse des benachbarten Jungeninternates Schloss Rabenberg.

„Das ist doch der Hammer, was?“, bestätigte Leonie und schüttelte ungläubig ihre blonden Locken.

„Stell dir mal vor, unser Lernbunker würde dichtmachen“, forderte Anton Rufus auf.

Als ob er seine Sommersprossen wegwischen wollte, rieb Rufus mit einem Finger über seine Nase und gab mit einem verschmitzten Lächeln zurück: „Ach, manchmal hätte ich nichts dagegen!“

„Deine Mail klang so unwahrscheinlich“, wandte sich Edith mit gerunzelter Stirn an Laura. „Aber spätestens am nächsten Tag musste ich die Sache wohl glauben. Denn da hielten es meine Eltern endlich für angebracht, mir die Neuigkeit mitzuteilen. Sie suchen jetzt nach einem neuen Internat für mich.“

„So ein Dreck!“, rief Greta wütend und drehte ihr schulterlanges, schwarzes Haar hektisch zu einem ziemlich unordentlichen Haarknoten.

„Unsere Eltern sind da schon einen Schritt weiter. Sie haben bereits ein Internat für uns gefunden. Wir sollen auf irgendsoeinen Elitebunker in der Schweiz", erzählte Ida und fuhr sich mit den Fingern durch ihre kurzen, schwarzen Haare. Die Zwillinge tauschten einen wütenden Blick. Ida und Greta sahen sich zum Verwechseln ähnlich. Nur ihre unterschiedlichen Frisuren ermöglichten es den anderen, die zwei auf einen Blick auseinander zu halten. „Eigentlich wollten uns unsere Eltern gar nicht mehr hierher lassen. Sie wollten uns schon nach den Ferien in die Schweiz verfrachten. Aber da haben wir nicht mitgespielt. Wenn wir uns nicht mit Händen und Füßen gewehrt hätten, wären wir heute schon von den Alpen umgeben!", fuhr Ida fort.

Die anderen starrten die Zwillinge fassungslos an.

„Das darf doch nicht wahr sein!", formulierte Rufus das, was alle Anwesenden dachten. „Eure Eltern haben sich einfach so damit abgefunden, dass Nauheim geschlossen werden soll?"

„Sieht so aus!", gab Greta schnippisch zurück und ließ ihren Haarknoten wieder auseinander fallen. Sie war viel zu wütend, um sich auf das Frisieren ihrer Haare zu konzentrieren. „Sie sagen, es sei vergebliche Liebesmüh, sich gegen die Schließung zu wehren!"

„Da liegen sie falsch! Noch ist nicht aller Tage Abend", rief Laura kämpferisch.

Eigentlich war Leonie der Klassenclown der 7A. Sie versprühte fast immer eine ansteckend gute Laune und zur Freude ihrer Klassenkameradinnen hatte sie schon so manche Unterrichtsstunde mit ihren Späßen und Witzen erträglicher gemacht. Jetzt aber starrte sie auf die Tischplatte vor ihr und sagte mit einem Ernst, der sonst absolut untypisch für sie war: „Ich will hier auch nicht weg! Erst trennen sich meine Eltern und dann soll ich auch noch meine Schule und damit euch verlieren? – Nein, das ist unmöglich! Da streik ich!“

„Das Thema hatten wir schon mal. Schüler dürfen nicht streiken!“, seufzte Edith.

„Und wenn schon!“, zischte Ida.

„Wie stellen sich das die Erwachsenen eigentlich vor?“, fragte Laura aufgebracht und guckte einem nach dem anderen in die Augen. „Sie können uns doch nicht einfach so auseinander reißen. Edith kommt auf das Internat, Ida und Greta auf jenes, Leonie, Maren und ich noch auf drei andere. Das können wir uns doch nicht bieten lassen! Wir gehören alle zusammen und Naui ist unsere Schule, was anderes kommt gar nicht in die Tüte!“

„Was soll das eigentlich heißen, es ist nicht genug Kohle da?“, fragte Anton mit schräg gelegtem Kopf.

„Nach dem Mittagessen hat Frau Dr. Rath zum Thema Schulschließung eine Ansprache gehalten“, erteilte Ida brummend Auskunft. „Und sie hat gesagt, dass wir zu wenig Neuanmeldungen haben. Die Schule nimmt wohl weniger Geld ein, als sie kostet. Zu einem guten Teil wird Nauheim vom Schwesternorden finanziert und dem werden wir so langsam aber sicher zu teuer. Die Generaloberin, die höchste Frau des Ordens, hat sich deshalb für die Schulschließung entschieden.“

„Immer das liebe Geld!“, kommentierte Edith leise.

„Du wolltest doch letztes Halbjahr ahr für *Radio School Life* die Finanzlage der Schule recherchieren“, fiel Greta da ein.

„Gab es vielleicht schon damals Gerüchte in dieser Richtung?“

Edith nickte. „Man hat wohl schon seit Jahren gemunkelt, dass Naui geschlossen werden soll. Davon habe ich natürlich gehört, habe aber, genau wie alle anderen auch, dem Ganzen keine Bedeutung geschenkt. Und dann habe ich meine Recherchen ja auch ziemlich schnell eingestellt. Ihr wisst ja warum!“

Die anderen nickten. So recht wollte keiner von ihnen an die Ereignisse des vergangenen Halbjahres erinnert werden. Eine Zeit lang war nur das gleichmäßige Trommeln des Regens auf dem Dach der Gartenlaube zu hören.

„Frau Dr. Rath war ganz schön fertig“, sagte Leonie schließlich leise in die Stille hinein. „Ich glaube, sie hat sogar ein bisschen geweint.“

„Es ist für eine Direktorin auch bestimmt keine leichte Aufgabe, ihren Schülern eröffnen zu müssen, dass der Pleitegeier über ihnen schwebt“, meinte Anton und streckte den Kopf in den Regen. Prüfend schaute er zum Himmel hinauf. „Wenn es trocken wäre, würde ich zur allgemeinen Aufheiterung eine Runde Eis spendieren. Aber so …“ Er zog den Kopf wieder zurück und klopfte die Regentropfen von seinen kurzen braunen Haaren.

„Mein Vater sagt immer, dass man sich für sein Ziel einsetzen muss“, warf Laura kämpferisch ein, ohne auf Antons großzügiges Angebot einzugehen. „Das Ziel kennen wir. Unsere Schule darf nicht geschlossen werden und wir wollen zusammenbleiben. Jetzt müssen wir uns nur noch überlegen, wie wir das erreichen können! – Und da habe ich auch schon eine Idee. Wir brauchen einen Sponsor, jemanden, der uns finanziert – wie die Sportler, die haben meistens gleich mehrere." Laura stand auf und schritt langsam durch die Gartenlaube. „Im Flugzeug saß ein Lehrer neben mir, der mir erklärt hat, woher das Geld kommt, das für eine Schule ausgegeben werden kann. Kloster Nauheim zum Beispiel bekommt aus drei Töpfen Geld. Da hätten wir zunächst einmal die Schulgebühren, dann den Schwesternorden und das Kultusministerium. Dem Orden sind wir zu teuer geworden. Wenn die Schulgebühren erhöht werden, können sich viele den Besuch von Naui nicht mehr leisten. Da bleibt also nur noch das Kultusministerium!"

„Du willst den Kultusminister um Hilfe bitten?", fragte Ida und zog eine Augenbraue hoch.

„Ja, und wenn der sich nicht zuständig fühlt, dann wenden wir uns an den Bischof", fuhr Laura siegessicher fort. „Mein Informant, also der Lehrer im Flugzeug, hat mir erzählt, dass der Bischof häufig einspringt, wenn Orden eine Schule aufgeben müssen!"

„Na, ich weiß ja nicht!", überlegte Edith. „Meinst du nicht, dass die Generaloberin und Frau Dr. Rath schon an diese Möglichkeiten gedacht haben?"

„Irgendjemand muss uns doch helfen. Herrgott noch mal!", rief Laura und stampfte mit dem Fuß auf.

„Lass den lieben Herrgott aus dem Spiel!", ermahnte sie da eine Stimme. Die Kinder schauten in die Richtung, aus der die Stimme gekommen war. Mitten im Regen stand unter einem großen, schwarzen Schirm neben einem Koffer eine Ordensschwester und bedachte Laura mit einem mahnenden Blick.

Wunder dauern etwas länger

„Tut mir Leid. Das mit dem Herrgott war nicht so gemeint!“, machte Laura mit hochrotem Kopf den Versuch, sich zu entschuldigen.

„Wie ernst es dir mit deiner Entschuldigung ist, können wir gleich feststellen“, erwiderte die Schwester in einem nicht näher definierbaren Ton. „Aber erst möchte ich mal erfahren, mit wem ich es hier eigentlich zu tun habe. Gehört ihr zu Kloster Nauheim?“

Laura schluckte schwer, dann gab sie bereitwillig Auskunft: „Ich bin Laura. Ida, Greta, Leonie, Edith und ich sind Schülerinnen der 7A. Und Rufus und Anton, hier, gehen in die neunte Klasse vom Jungeninternat Schloss Rabenberg.“

„Ich bin Schwester Maria Fabiana“, stellte sich nun die Ordensfrau vor und fuhr dann augenzwinkernd fort,

„wenn dir dein unchristlicher Fluch wirklich Leid tut, Laura, kannst du ihn sofort wieder gutmachen und zwar indem du mir den Weg zum Direktorat zeigst."

„Mach ich sofort!" Laura sprang von ihrem Stuhl auf und stürmte in den Regen hinaus.

„Und du da mit der vornehmen Blässe, ich glaube, dein Name ist Edith", sagte die Ordensschwester und deutete mit dem Regenschirm auf Edith, „könntest du bitte Schwester Cosima sagen, dass ich da bin und sie im Büro von Frau Dr. Rath erwarte?"

„Natürlich!", erwiderte Edith und stand schnell auf.

„Danke! Das ist sehr nett." Schwester Maria Fabiana nahm ihren Koffer vom Boden auf und machte sich mit Laura auf den Weg in Richtung Schulgebäude.

Eine Weile schritten die beiden schweigend nebeneinander her. Schwester Maria Fabiana sog die frische Luft ein und seufzte mit einem bewundernden Blick in den Park: „Es ist so schön hier: diese riesige Rasenfläche, die kugelrunden Buchsbäume, die Obstbäume und diese herrlichen alten Tannen dahinten. Einfach ein Traum!"

„Von hier aus können Sie es nicht sehen, aber hinter den Tannen befindet sich Schloss Rabenberg. Sie wissen schon – das Jungeninternat", erklärte Laura, während sie mit ausgestrecktem Arm über die Gipfel der Bäume hinweg deutete.

„Aha!", meinte die Ordensschwester. Als sie nach einer Weile eine kleine, alte Holztür erreicht hatten, blieb Laura stehen. „Sehen Sie hier!", machte sie Schwester Maria Fabiana auf den handgemalten Schriftzug über der Tür aufmerksam.

„*Bibliotheca*“, las die Ordensfrau. „Die Klosterbibliothek?“

„Genau!“, rief Laura. „Die müssen Sie sich unbedingt mal anschauen. Ich habe noch nie so viele Bücher auf einem Haufen gesehen. Letztes Jahr habe ich Schwester Cosima beim Katalogisieren geholfen. Das war ganz schön viel Arbeit. Aber ich glaube, es hat sich gelohnt“, erzählte Laura begeistert und bei der Erinnerung an das Abenteuer, auf das sie bei ihrer Arbeit in der Klosterbibliothek zufällig gestoßen war, begannen ihre Wangen vor Aufregung zu glühen. „Die Bibliothek ist fast immer abgeschlossen. Aber Schwester Cosima hat den Schlüssel. Wenn Sie sie darum bitten, zeigt sie Ihnen bestimmt ihre Schätze! Wir sind alle sehr stolz auf unsere Klosterbibliothek.“

„Es ist wirklich ein Jammer!“, seufzte die Ordensschwester rätselhafterweise. Sie hielt ihren Schirm ein wenig zur Seite und schaute zum Himmel. „Es hat aufgehört zu regnen!“, stellte sie fest und schloss den Regenschirm. Als sie Lauras fragenden Blick sah, erklärte sie im Weitergehen: „Du wirst es ja doch erfahren. – Die Generaloberin schickt mich.“

„Hat sie es sich anders überlegt? Ja?“, rief Laura hoffnungsvoll, obwohl ihr der Tonfall der Ordensschwester bereits verraten hatte, dass das Gegenteil der Fall war. Deshalb überraschte es sie auch nicht wirklich, als Schwester Maria Fabiana den Kopf schüttelte. „Nein. Deshalb bin ich ja hier“, erklärte sie mit einem unendlich tiefen Seufzer. Es kostete sie deutlich Mühe weiterzusprechen: „Meine Aufgabe ist es, zu entscheiden, welche Gegenstände ans Mutterhaus geschickt, welche ausrangiert und welche wir verkaufen werden. Ja, und dann muss ich einen Käufer für das Kloster selbst finden. Kurz und gut – die Generaloberin hat mich damit betraut, die Auflösung der Schule zu organisieren und durchzuführen."

„Nein!", hauchte Laura mit erstickter Stimme. „Gibt es denn wirklich keine andere Möglichkeit?"

„Nein!", war die niederschmetternde Antwort. Einen Augenblick lang war Laura wie ohnmächtig. Aber nein, so schnell würde sie sich nicht geschlagen geben.

„Einen Moment!", rief sie entschlossen und hielt die Ordensschwester am Arm fest. „Meine Freunde und ich haben eben darüber nachgedacht, ob das Kultusministerium nicht helfen könnte. Und wenn nicht, dann gibt es doch immer noch den Bischof. Ich weiß aus sicherer Quelle, dass ..."

„Ach, Laura, daran haben wir doch auch schon gedacht!", ließ die Ordensschwester Lauras Hoffnungen platzen wie Seifenblasen. „Das Kultusministerium ist froh, eine Schule weniger mitfinanzieren zu müssen. Und auch dem Bischof ist der Unterhalt von Kloster Nauheim einfach zu teuer. Nein. Die Schülerzahlen sind und bleiben einfach zu gering. So Leid es mir tut, auf lange Sicht führt kein Weg an der Schließung vorbei!"

Laura überlegte schnell. „Und wenn man noch etwas warten würde? Gar nicht lang, nur ein bisschen?", fragte sie.

„Wir haben lange genug gewartet. Das Geld reicht einfach nicht mehr", entschied Schwester Maria Fabiana.

„Aber, wenn sich jemand finden ließe, der der Schule so viel Geld geben würde, dass das Loch in der Kasse nicht allzu groß wird. Und vielleicht steigen die Anmeldungen ja auch bald wieder“, versuchte Laura ihre Überlegungen zu erklären und schaute die Ordensschwester hoffnungsvoll an.

„Das ist doch alles bloße Spekulation. – Es wird uns niemand finanzieren. Genauso wenig, wie die Neuanmeldungen plötzlich steigen werden. Nein, Laura! Ich finde es schön, dass du dich so um deine Schule sorgst und dir Gedanken um sie machst, aber es nutzt nichts, sich der Wirklichkeit zu verschließen“, stellte Schwester Maria Fabiana die Sachlage klar und schritt weiter.

Jetzt sah Laura nur noch einen Weg, um die Ordensschwester umzustimmen: „Möchten Sie direkt zu Frau Dr. Rath oder soll ich Ihnen noch ein wenig die Schule zeigen?“

Schwester Maria Fabiana zögerte. „Ich muss mit Frau Dr. Rath und Schwester Cosima reden.“

„Edith braucht bestimmt noch etwas Zeit, schließlich muss sie Schwester Cosima erst suchen“, argumentierte Laura. „Und ich würde Ihnen so gerne zeigen, wie schön unsere Schule ist!“

„Du hast Recht. Zeig mir die Schönheiten deiner Schule“, gab sich Schwester Maria Fabiana einen Ruck.

Laura führte die staunende Ordensfrau über die hölzernen Treppen, über Korridore und Gänge, machte sie hier auf ein ausgefallenes Deckengemälde aufmerksam und zeigte ihr da den schönen Blick aus einem der Fenster. Sie führte sie in Klassenzimmer, Aufenthaltsräume und Schlafzimmer der Schülerinnen. Auch die Turnhalle, die Aula und die Redaktions- und Senderäume von *Radio School*

Life musste sich Schwester Maria Fabiana ansehen. Aber den Speisesaal hob sich Laura bis zum Schluss auf. Denn der große, lichtdurchflutete Raum mit den hohen spitzbogigen Fenstern und den alten Gemälden war ihr ganz besonders ans Herz gewachsen.

„An dem langen Quertisch auf der Erhöhung am Kopfende des Saales essen die Lehrer und Erzieher", erklärte sie ihrer Begleiterin. „Und hier an den langen Tischen, die auf den Lehrertisch zulaufen, da essen wir. Hier vorne ist der Essbereich der Unterstufe, dann kommt der der Mittelstufe und zum Schluss der der Oberstufe."

„Ja, ihr habt es wirklich schön hier", gab Schwester Maria Fabiana zu.

„Oh, ja", pflichtete Laura ihr bei. „Aber es geht ja nicht nur darum, dass Kloster Nauheim eine schöne Schule ist. Für uns ist Naui mehr als das. Es ist unser Zuhause. Und wir Mädchen sind so gerne hier zusammen. Verstehen Sie das?"

Schwester Maria Fabiana schaute Laura mitfühlend an. „Ich weiß, was du versuchst, Laura. Aber es hat keinen Sinn, mir ein schlechtes Gewissen machen zu wollen. Denn das habe ich sowieso schon. Und das Schicksal von Kloster Nauheim liegt nicht in meinen Händen. – Bitte, bring mich jetzt zu Frau Dr. Rath!"

Seufzend sah Laura ein, dass ihr Versuch fehlgeschlagen war, und folgte der Bitte der Ordensschwester.

Als sie das Büro der Direktorin erreichten, warteten dort bereits Edith, Schwester Cosima, die Klassenlehrerin der 7A, und Frau Dr. Rath auf sie. Schwester Maria Fabiana begrüßte Schwester Cosima und Frau Dr. Rath recht herzlich, dann bedankte sie sich eilig bei den beiden Mädchen und betrat das Direktorat.

Das klingt alles wenig gut", urteilte Edith kopfschüttelnd, nachdem Laura sie im Eiltempo auf den neuesten Stand der Dinge gebracht hatte. „Und was jetzt?"

Am Fuß der hölzernen Treppe angekommen, öffnete Laura die Tür zum Park und die beiden Mädchen traten in den Sonnenschein hinaus. Die Regenwolken hatten sich verzogen und einem herrlich blauen Himmel Platz gemacht. Wie kleine Blinklichter blitzten die Sonnenstrahlen zwischen den Enten und Schwänen auf dem See.

„Jetzt? – Jetzt sind wir an der Reihe! Wenn wir uns nicht selbst helfen, hilft uns keiner", antwortete Laura entschlossen. „Wir müssen irgendwie an Geld kommen! An viel Geld!"

„Und wie stellst du dir das vor?", fragte Edith ernst. „Sollen wir eine Bank überfallen oder bei Nacht und Nebel im Keller Geldscheine drucken?"

Laura musste ihr die Antwort schuldig bleiben, denn in diesem Moment hallte ein Ruf durch den Park: „Laura! Edith!" Und im nächsten Moment sahen die Mädchen, wie Rufus und Anton über den Rasen auf sie zustürmten.

„Wir radeln schnell in die Stadt und holen Eis!", keuchte Anton, als sie die Mädchen erreichten. „Welche Sorten wollt ihr?"

Während Laura und Edith darüber nachdachten, auf welches Eis sie Lust hatten, schritten die Kinder am Schulgebäude entlang auf den Fahrradkeller zu.

„Da kommt ja mein Schwesterchen!", verkündete Rufus

plötzlich und deutete mit dem Kopf nach vorn. „Sie sieht aber gar nicht glücklich aus!"

In der Tat. Maren schritt neben Frau Drach, der Erzieherin der Unterstufe, her. Sie sah aus, als ob sie gerade auf dem Weg zu ihrer eigenen Hinrichtung wäre.

„So, hier bringe ich euch eure Freundin zurück", sagte Frau Drach und legte Maren beide Hände auf die Schultern. „Ich glaube, sie braucht etwas Aufmunterung!"

„War es so schlimm beim Zahnarzt?", erkundigte sich Anton mitfühlend.

„I wo!", winkte Frau Drach ab und warf lachend ihre langen, blonden Haare in den Nacken.

„Wir wollen gerade Eis holen. Möchten Sie auch welches, Frau Drach?", fragte Rufus höflich.

„Ich hab schon eines geschleckt, während ich auf Maren gewartet habe. Aber danke!", lehnte sie höflich ab und schritt winkend über den Rasen davon.

„Du möchtest bestimmt kein Eis, Schwesterherz, oder?", foppte Rufus seine Schwester und kniff sie in die Wange. Maren schlug seinen Arm weg und zog ihn beherzt an seinen kurzen roten Haaren.

„Aua!", rief Rufus und rieb sich den Kopf.

„Ich hätte gerne Zitrone und Schokolade", meldete sich Edith zaghaft zu Wort, während sie irritiert zwischen Maren und Rufus hin und her schaute.

„Und ich möchte Erdbeere und Vanille", entschied sich Laura. „Und du, Maren?"

Anstatt einer Antwort schüttelte Maren nur stumm den Kopf, dass ihre langen, roten Haare nur so flogen.

„Wer nicht will, der hat schon!", kommentierte Rufus

und grinste von einem Ohr zum anderen. Als Maren und Rufus so nebeneinander standen, konnte Laura nicht umhin, mal wieder die verblüffende Ähnlichkeit zwischen den Geschwistern zu bemerken.

„Es ist also so weit?“, hörten die Kinder da plötzlich Frau Dr. Rath sagen. Eine kurze Pause entstand. Dann drang die Stimme von Schwester Maria Fabiana zu ihnen. Sie antwortete mit einem knappen: „Ja.“

Sofort richteten die Kinder besorgte Blicke nach oben. Direkt über ihnen befand sich das Büro von Frau Dr. Rath. Das Fenster war weit geöffnet. Jetzt sahen sie den Kopf ihrer Direktorin. Sie beugte sich etwas aus dem Fenster und schaute über den Park und die hohen Tannen hinweg in die Ferne.

„Ich werde noch heute meine Arbeit aufnehmen“, klang die erstickte Stimme von Schwester Maria Fabiana zu den Freunden hinunter.

„Irgendwie hatte ich bis zum Schluss auf ein Wunder gehofft!“, seufzte Frau Dr. Rath leise und schloss das Fenster.

Ein Unglück kommt niemals allein

„Genug aufgewärmt! Baut jetzt die Geräte wie besprochen auf!“, rief Frau Ortlink der 7A zu und klatschte in die Hände.

„Ich kann jetzt schon nicht mehr!“, hechelte Ida und hielt sich die Seite. „Man sollte in der sechsten Stunde keinen Sportunterricht mehr haben!“

„Das finde ich auch!“, stöhnte Edith und beobachtete unglücklich, wie Frau Ortlink sich daran machte die Recks aufzubauen. „Und dann auch noch ausgerechnet Geräteturnen!“

„Geräteturnen ist doch nicht schlimm. Ich mag das“, verkündete Leonie und hüpfte in Richtung Geräteraum davon.

„Hat eine von euch schon darüber nachgedacht, wie wir zu Geld kommen könnten?“, flüsterte Laura ihren Freundinnen zu, während sie immer zu zweit eine Matte in die Halle trugen. Selbstverständlich hatten sie und Edith die anderen bereits über die neuesten Entwicklungen in Sachen Schulschließung informiert.

„Wir bräuchten Jobs“, schlug Greta vor. „Aber die Sache hat einen Haken. – Wir müssen heimlich arbeiten. Denn wenn wir sagen, was wir vorhaben, wird man es uns sofort verbieten.“

„Außerdem werden wir für die meisten Arbeiten das Schulgelände verlassen müssen. O.K., wir dürfen ins Jungeninternat, aber wir können nur unter Aufsicht in die

Stadt. Wenn wir beim unerlaubten Stadtgang erwischt werden, gibt es mächtig Ärger“, führte Leonie den Gedanken zuende und rollte den Wagen mit Magnesiumpulver zu den Recks.

„Kann mir mal eine mit dem Kasten helfen?“, Leonie schaute sich nach einem Opfer um. „Komm, Ida!“

„Wenn es unbedingt sein muss“, stöhnte Ida und schlurfte hinter Leonie in den Geräteraum.

„Dann schnappen wir uns das Sprungbrett, Maren!“, entschied Greta und zog Maren hinter sich her.

„Ihr habt Recht!“, murmelte Laura nachdenklich vor sich hin. „Wir können uns nicht so ohne weiteres in die Stadt schleichen!“

„Hilf mir mal mit dem Trampolin“, riss sie da unverhofft Frau Ortlink aus ihren Gedanken und gemeinsam schleppten sie das Trampolin zu einer der großen, dicken Matten.

Währenddessen hoben Leonie und Ida den Kasten an und rollten ihn in die Halle. Direkt folgten Greta und Maren, die sich mit dem Sprungbrett abmühten.

„Jetzt!“, entschied Greta, als sie und Maren den Bestimmungsort ihrer Last erreicht hatten. Gleichzeitig ließen sie los und das Sprungbrett donnerte mit einem lauten Knall vor dem Kasten auf den Hallenboden.

„Greta und Maren, bei euch piepst es wohl!“, wies die Sportlehrerin sie prompt zurecht.

„Ja! Ja!“, rief Greta und hob abwehrend eine Hand.

„Die kann sich aber auch verspannen!“, raunte sie Maren leise zu und verdrehte die Augen. Als Maren darauf mit einem stummen Nicken antwortete, schaute Greta sie prüfend an. Mit in die Seiten gestemmten Armen fragte sie: „Sag mal, hast du ein Schweigegelübde abgelegt? Oder hat dir der Zahnarzt die Zähne aufeinandergeklebt?“

„Greta hat Recht. Seitdem du beim Zahnarzt warst, hast du nicht ein Mal den Mund aufgemacht. Gestern Abend nicht. Heute Morgen beim Frühstück nicht. Gegessen hast du nur hinter vorgehaltener Hand. In Schwester Cosimas Geschichtsstunde warst du ebenso schweigsam wie im Matheunterricht und auch in den anderen Fächern hast du keinen Piep gesagt“, zählte Edith sachlich auf, schob mit dem Fuß eine Matte zurecht und schaute Maren fragend an.

„Gestern Nacht im Bett hat sie mit Laura geredet“, meldete sich da Leonie zu Wort. „Ich habe es gehört. Wir können also noch hoffen!“

Schnell warf Maren der näherkommenden Laura einen hilfesuchenden Blick zu.

„O.K., hilft es euch weiter, wenn ich euch verrate, dass Maren nicht beim Zahnarzt, sondern beim Kieferorthopäden war?", fragte Laura in die Runde.

„Bei welcher Kiefer war Maren?", mischte sich Christine, die mit Springseilen bepackt an den Mädchen vorbeieilte, ungefragt in das Gespräch ein. Laura und ihre Freundinnen konnten Christine überhaupt nicht leiden und diese Antipathie beruhte auf Gegenseitigkeit. Dementsprechend unfreundlich erwiderte Leonie nur: „Verpfeif dich einfach!"

Mit einem breiten Grinsen rief Christine im Weitergehen: „Interessiert doch sowieso niemanden!"

„Also, was ist mit dir?", wandte sich Greta an Maren.

Anstelle jeder weiteren Erklärung verzog Maren ihren Mund zu einem breiten, etwas verkrampften Zahnpastalächeln.

„Ach, du liebe Güte!" Leonie legte sich überrascht eine Hand an den Mund und Maren schloss sofort wieder die Lippen.

„Was ist denn daran ‚Ach, du liebe Güte'? – Das sind doch nur Brackets", stellte Laura verständnislos klar.

„Ich hab das doch nicht so gemeint", beeilte sich Leonie zu versichern. „Ich war nur auf dieses Drahtgestell nicht vorbereitet."

„Ich find die Dinger witzig", rief Ida und schaute sich die Sache aus der Nähe an. „Mach noch mal den Mund auf, Maren, los!" Unwillig stellte Maren ihre Zähne mitsamt ihrer neuesten Errungenschaft zur Schau.

„Diese bunten Gummibänder um die Brackets sind echt schrill!“, urteilte Ida, die ganz nah an Maren herangetreten war. „Ich glaube, ich will auch eine feste Zahnspange!“

„Ihr findet sie also gar nicht so schlimm?“, fragte Maren zaghaft und schaute ihre Freundinnen zweifelnd an.

„Na ja, du wirst das Gestell ja wohl nicht ewig tragen müssen!“, erwiderte Greta leichthin und musste für ihre Gedankenlosigkeit einen Fußtritt von Laura einstecken. Die anderen schüttelten die Köpfe und Edith beeilte sich klarzustellen: „Brackets sollen die Zahnstellung korrigieren – sonst nichts. Du solltest dir nicht so viele Gedanken um ihr Aussehen machen!“

„Na, ich weiß nicht. – Außerdem drücken sie ganz schön!“, beschwerte sich Maren. Während sie mit der Zunge über die Spange fuhr, sagte sie: „Und ständig habe ich das Gefühl, dass da Essensreste fest hängen!“

„Kann sich das Damenclübchen dahinten vielleicht dazu durchringen, am Unterricht teilzunehmen?“, hallte Frau Ortlinks kräftige Stimme durch die Turnhalle und bereitete der Diskussion um Marens Brackets ein jähes Ende.

Nun hieß es vor den Geräten Aufstellung nehmen und die Übungen, die Frau Ortlink von ihnen verlangte, zu turnen.

„Wir müssen uns unauffällige Jobs suchen. Nichts, wobei wir entdeckt werden könnten. Und wir müssen einen Weg finden, wie wir unbeobachtet die Schule verlassen können. Das geht natürlich nicht ewig so und so rasend viel werden wir auch nicht zusammenbekommen. Es muss nur so viel sein, dass sich die Schule über Wasser halten kann, bis wir genug Neuanmeldungen haben“, kam Laura wieder auf ihr ursprüngliches Thema zurück und reihte sich hinter Maren in der Schlage vor dem Kasten ein.

„Ja, aber wie kommen wir in die Stadt, ohne dass es auffällt?“, zischte Greta ihr ins Ohr.

„Wären wir doch nur schon in der Mittelstufe, dann wäre das alles kein Problem mehr“, flüsterte Ida von hinten.

„Ich könnte Nachhilfe geben. Dazu muss ich die Schule nicht verlassen!“, überlegte Edith im Flüsterton.

„Lasst uns heute Nachmittag drüber reden. Nach der Computer AG können wir uns mit den Jungs treffen und beratschlagen“, meinte Laura abschließend.

Jetzt war Maren an der Reihe. Sie nahm Anlauf, sprang mit beiden Beinen auf das Sprungbrett, stützte blitzschnell die Hände auf dem Kasten auf und hockte mit angezogenen Beinen durch. Sicher kam sie auf der anderen Seite auf den Füßen auf. Die beiden Mädchen, die links und rechts vom Kasten von Frau Ortlink als Hilfestellungen positioniert worden waren, hatten gar nicht eingreifen müssen.

„Laura!“, rief die Sportlehrerin und stieß einen schrillen Pfiff auf ihrer Trillerpfeife aus. Laura spurtete los. Sie rannte, so schnell sie konnte. Als sie das Sprungbrett erreichte, schwante ihr bereits, dass sie zu viel Schwung hatte. Aber für einen Abbruch war es jetzt zu spät. Sie sprang auf das Sprungbrett und schoss nach vorn. Die Hilfestellungen griffen nach ihren Armen, aber sie konnten Laura nicht halten. Ungebremst stürzte sie im hohen Bogen über den Kasten. Mit vor Entsetzen weit aufgerissenen Augen verfolgten ihre Freundinnen, wie sie kopfüber hinter dem

Kasten verschwand. Stille trat ein. Dann ein leises Jammern.

„Mein Arm. Aua, mein Arm!“, weinte Laura. „Oh, mein Kopf. Mein Kopf!“ Im nächsten Moment drängten sich ihre Klassenkameradinnen um sie.

„Laura!“, rief Maren besorgt und ging neben ihr auf die Knie.

„Na, sie lebt ja noch!“, sagte Frau Ortlink schroff, schob die Mädchen zur Seite und kämpfte sich zu Laura durch. Fachmännisch betrachtete sie Lauras Arm. Mit ängstlichem Blick versuchten Lauras Freundinnen am Gesicht ihrer Lehrerin die Diagnose abzulesen. Schließlich sog diese scharf die Luft durch die Zähne und urteilte: „Tippe auf einen Bruch. Aber das ist kein Weltuntergang!“ Entschlossen drehte sie sich zu Ida um und sagte im Befehlston: „Geh zu Frau Drach und sag ihr, sie möchte bitte einen Krankenwagen rufen. Dem soll sie dann hinterherfahren und sich um Laura kümmern!“

„Darf ich auch mit?“, bat Maren und schenkte Frau Ortlink ein so flehendes Bracketlächeln, dass die Lehrerin nicht nein sagen konnte.

Drei Stunden später machten sich Maren und Frau Drach auf den Rückweg zur Schule. Frau Drach setzte sich hinter das Lenkrad des schuleigenen Minivans, zückte ihr Handy und rief Frau Dr. Rath an. Mit knappen Worten informierte sie die Direktorin darüber, dass Laura im Krankenhaus bleiben müsse, weil die Ärzte neben einem Ellenbogenbruch auch eine Gehirnerschütterung festgestellt hätten. Deshalb bestanden sie darauf, dass Laura die nächsten drei Tage zur Beobachtung dort blieb. Das Gespräch ging noch eine ganze Weile hin und her. Die Erzieherin und die Direktorin sprachen über anstehende Arztbesuche, Krankengymnastik und auch Marens Name fiel. Nachdem sie sich von Frau Dr. Rath verabschiedet hatte, schnallte sich Frau Drach an, startete den Wagen und steuerte ihn vom Krankenhausparkplatz.

„Die arme Laura", seufzte sie, schüttelte den Kopf und setzte den Blinker. Auf der Hauptverkehrsstraße stauten sich die Autos. Weiter vorn versuchte jemand vergeblich, seinen Mercedes in eine viel zu kleine Parklücke zu manövrieren und hielt so den ganzen Verkehr auf. Einige Autofahrer saßen mit hochroten Köpfen hinter ihren Lenkrädern und schimpften, andere stimmten ein Hupkonzert an. Maren betrachtete gedankenvoll die Auslagen der Geschäfte und hier und da las sie die Ankündigungen oder Anzeigen auf Plakaten und Aushängen.

„Können wir Laura morgen besuchen?", fragte sie schließlich die Erzieherin. Aber die schüttelte den Kopf: „Nein! Laura braucht jetzt Ruhe. Und wenn alles gut geht, ist sie ja schon zum Wochenende wieder in der Schule!"

Jetzt platzte auch Frau Drach der Kragen und sie stimmte in das Hupkonzert ein. Endlich hatte der Mercedesfahrer ein Einsehen und ließ von seinem Vorhaben ab. Langsam setzte sich die Blechlawine wieder in Bewegung.

Maren fuhr mit der Zunge über die Brackets und verzog das Gesicht. „Mit diesen Brackets stimmt etwas nicht", beklagte sie sich. „Sie drücken und tun weh. Können Sie morgen noch mal mit mir zum Kieferorthopäden gehen, bitte!"

Frau Drach ordnete sich an der nächsten Ampel in die Linksabbiegerspur ein und erwiderte: „Gut, dass du mich daran erinnerst. Frau Dr. Rath und ich haben eben am Telefon über das Thema gesprochen. Wir sind der Meinung, dass du deine Arztbesuche ohne mich absolvieren kannst – genau wie Laura auch. Wenn sie wieder aus dem Krankenhaus kommt, wird sie regelmäßig zur Kontrolle müssen. Ihr könnt zusammen gehen oder euch eine andere Freundin mitnehmen. Solange ihr euch nicht alleine auf den Weg macht, könnt ihr ohne mich losziehen. Das werde ich auch Laura sagen."

Gerade fuhren sie am Café May vorüber, in dessen Schaufenster ein großer Zettel darüber Auskunft gab, dass dort eine Aushilfe gesucht wurde. Erst jetzt verstand Maren, was Frau Drachs Anweisung für sie und ihre Freundinnen bedeutete. Das war ja die Lösung! Für was ein gebrochener Ellenbogen und schiefstehende Zähne doch alles gut sein konnten! Das musste sie sofort den anderen erzählen!

Als sie das Internat erreichten, wurden sie bereits von Rufus und Anton erwartet.

„Wo ist Laura?", fragte Rufus besorgt, als die Erzieherin und Maren aus dem Auto stiegen. „Was sagt der Arzt?"

„Gehirnerschütterung und Ellenbogenbruch!", antwortete Frau Drach, schlug die Wagentüre zu und erzählte den Jungen, warum Laura nicht mit ins Internat zurückgekehrt war.

„Und keine Besuche!", mahnte sie, schloss den Van ab und eilte auf das Internatsgebäude zu.

„Hallo, Maren, schön, dich zu sehen", hauchte Anton

und starrte sie an. Maren presste standhaft die Lippen aufeinander und bemühte sich keinen roten Kopf zu bekommen. In Antons Anwesenheit wurde sie immer schrecklich nervös, und dass er sie jetzt so gar nicht aus den Augen ließ, brachte sie einer Ohnmacht nahe.

Langsam machte sich das Grüppchen in Richtung Eingangstür auf. Plötzlich warf Rufus verstohlene Blicke um sich und zischte seiner Schwester zu: „Wir haben Neuigkeiten. – Schwester Maria Fabiana war heute in der Redaktion von *Radio School Life* und hat alles genauestens unter die Lupe genommen. Sie hatte eine Liste dabei, auf der sie sich alles notiert hat! Die macht Ernst! – Und ausgerechnet jetzt fällt Laura aus!"

Maren ging in die Hocke und tat so, als ob ihr Schnürsenkel offen sei. Hinter dem Schutzwall aus ihrem langen, roten Haar brummte sie mit gesenktem Kopf: „Ich hab schon einen Plan. Bis Laura wieder hier ist, können wir ihn ausarbeiten!"

„Ehrlich?", rief Rufus aufgeregt. „Was denn? Was für einen Plan?"

Gerade als Maren antworten wollte, wurde Rufus ihr Getue einfach zu dumm. „Maren, du kannst aus der Versenkung auftauchen. Anton weiß, dass du Brackets hast!"

Ganz langsam wandte Maren ihr Gesicht ihrem Bruder zu. Hasserfüllt schaute sie ihn an. Wie konnte er ihr das nur antun?

„Ich trommele schon mal die anderen zusammen. Dann können wir gleich Kriegsrat halten", schlug er schnell vor und huschte eiligst durch die Eingangstür.

„Maren!", Anton schluckte. Die kleinen Schweißperlen,

die sich plötzlich auf seiner Stirn zeigten, kamen nicht nur von der sommerlichen Hitze.

Mit fest aufeinander gepressten Lippen schaute Maren ihn gespannt an.

„So, wie es aussieht, ist das vielleicht unser letzter gemeinsamer Sommer hier“, stammelte er. „Und da dachte ich, wir könnten vielleicht mal zusammen spazieren gehen, oder so?“ Er ergriff ihre Hand und zog Maren hoch. Sie schloss die Augen und genoss einfach den Augenblick. So lange hatte sie auf diesen Moment gewartet. Gleich würde Anton sie in seine Arme nehmen. Und dann ... Die Brackets! Maren riss die Augen auf und starrte Anton an. Im gleichen Moment drang hinter der Eingangstür leises Gelächter hervor. Rufus! Er hatte gelauscht! Erschrocken ließ Anton Maren los, die taumelte rückwärts, verlor das Gleichgewicht und landete höchst unsanft auf dem Allerwertesten. Unschlüssig schaute Anton zwischen ihr und der Tür hin und her.

„Du denkst mal drüber nach, ja?“, sagte er noch schnell und schon im nächsten Augenblick war er verschwunden.

Das Geld liegt auf der Straße

Als Laura am Samstag aus dem Krankenhaus kam, regnete es heftig und ein böiger Wind schien ein Gewitter anzukündigen. Deshalb waren ihre Freundinnen, Rufus und Anton von der Gartenlaube auf den Aufenthaltsraum der Unterstufe ausgewichen, um hier eine kleine Willkommensparty für Laura zu geben.

„Ich hab doch keinen Geburtstag!“, protestierte Laura fröhlich, als sie das Zimmer betrat und die schöne Dekoration sah. Der ganze Raum war mit Girlanden und Luftballons geschmückt. Und an der Wand hing ein bunt bemaltes Plakat, das Laura herzlich willkommen hieß. Die anderen hatten den großen Tisch vor das Sofa geschoben und drum herum Stühle aufgestellt. Über die so entstandene Tafel hatten die Mädchen eine weiße Decke gelegt. Laura musste ein paar Mal heftig schlucken, um die Tränen zu unterdrücken. Wie viel Mühe sich ihre Freunde für sie gemacht hatten! Zwischen Konfetti und Luftschlagen standen auf dem Tisch Karaffen mit Eistee und Limonade und …

„Den Kuchen und die Plätzchen habe ich für dich gebacken!", flüsterte Maren ihr leise ins Ohr und Laura lächelte sie dankbar an. Auch wenn sie sich manchmal stritten wie die Kesselflicker, hatte sie doch die besten Freunde der Welt.

„Na, worauf wartet ihr?", rief Anton fröhlich. „Lasst uns endlich losmampfen!"

Nachdem Laura von ihrem Krankenhausaufenthalt berichtet hatte und jeder ihren Gips, der ihren Arm von der Hand bis zum Oberarm bedeckte, ausreichend bewundert und signiert hatte, fragte Laura mit einem Blick auf zwei nicht benutzte Gedecke: „Kommt noch jemand?"

„Wir haben ziemlich coole Neuigkeiten!", beeilte sich Maren zu berichten, während sie ihr Eisteeglas auf Lippenhöhe hielt. Sie wollte immer noch vermeiden, dass Anton ihre Brackets sah. Und der starrte sie die ganze Zeit an. Nur wenn sie ihn direkt ansah, schaute er verlegen zur Seite. „Unser Problem mit den unerlaubten Stadtgängen ist gelöst. Und das Beste ist, dass es Frau Drach für uns aus der Welt geschafft hat!" Schnell berichtete sie von der Anweisung, die Arztbesuche ohne die Begleitung der Erzieherin, aber dafür in Gesellschaft einer Freundin zu machen.

„Das ist ja cool!“, freute sich Laura und schaufelte ein Riesenstück Kuchen in ihren Mund. Schmatzend fuhr sie fort: „Also könnten wir uns je nach Bedarf Alibis verschaffen!“

„Und damit lügen, dass wir Nasen wie Pinocchio bekommen!“, sagte Edith ziemlich scharf.

„Ich bin auch nicht so recht glücklich damit. Aber wir tun es ja nicht nur für uns, sondern für die ganze Schule“, versuchte Ida Ediths Bedenken zu zerstreuen. „Da sind kleine Notlügen wohl erlaubt!“

„Ich weiß nicht!“, gab Edith zweifelnd zurück.

„Wollen wir die Schule retten, oder nicht?“, fragte Greta ungeduldig. „Nicht reden – arbeiten, heißt die Devise!“

Die anderen nickten zögernd.

Nun berichtete Maren von ihrem Plan, sich im Café May als Aushilfe vorzustellen und Edith verkündete stolz, dass sie bereits zwei Nachhilfeschüler aus der fünften Klasse vorweisen konnte.

„Ich habe einige Stellenangebote angestrichen“, meldete sich Leonie zu Wort und nahm die Lokalzeitung zur Hand. „Ich denke, ich werde mich bei der – Moment …“, sie fuhr mit dem Finger die Anzeigenspalten entlang. „Ah, ja hier: *närrischen Vierbeinermutti* als Dog-Walker vorstellen!“

„Was für ein Ding?“, wunderte sich Greta und ließ ihre Kuchengabel auf halbem Wege zum Mund in der Luft schweben.

„Jemand, der mit Hunden spazieren geht, du Seppel!“, antwortete Leonie kopfschüttelnd. Seufzend fuhr sie fort: „In diesem speziellen Fall handelt es sich um sechs Yorkshire Terrier. Wetten, dass die auch Schleifchen tragen?“

„Warte mal, Leo!“ Edith hatte etwas entdeckt. „Halt die Zeitung mal ein bisschen höher! – Danke!“ Edith klappte die umgeknickte Ecke der Zeitung hoch und überflog eine auffällig große Immobilienanzeige. „Hört euch das an!“, forderte sie ihre Freunde auf.

„Leben wie im Mittelalter mit dem modernen Komfort der Neuzeit. Wollten Sie nicht schon immer Herr oder Herrin über ein wundervolles, verträumtes, ehrwürdiges Anwesen sein? Mit über 120 Zimmern, Sälen, großzügigen Kellergewölben und einem traumhaften Park, der zum Verweilen einlädt, können Sie sich diesen Wunsch erfüllen. Preis auf Anfrage. Immobilien Krause, Tel. …“

Im ersten Moment waren die Kinder wie gelähmt.

„Schwester Maria Fabiana hat es wirklich eilig“, urteilte Laura zähneknirschend. „Jetzt wird unsere Schule also schon in der Zeitung angeboten!“

„Wir dürfen uns davon nicht beirren lassen!“, entschied Rufus kämpferisch. „Jetzt erst recht nicht! – Was für Jobs werden denn noch angeboten?“, wandte er sich an Leonie.

„Ehm, Moment! – Ich hab die Zeile verloren“, zögerte sie. „Ah, ja! Da wird noch ein Stallknecht gesucht und Felix von *Felix' Flinke Flitzer* sucht *einen flinken Fahrradfrickler*, der nach Vereinbarung in der Fahrradwerkstatt hilft. Ich sage euch, das Geld liegt auf der Straße, Kinder, wir müssen es nur aufheben!“

„*Felix' Flinke Flitzer*? Zeig mal her!“, rief Anton laut.

„Da klingelt doch was bei mir!“ Als er sich über Leonie beugte, verengten sich aus lauter Eifersucht Marens Augen zu kleinen Schlitzen. Aber sie hätte sich lieber die Zunge abgebissen, als etwas zu sagen.

„Stimmt!“, schnipste er jetzt mit den Fingern. „Dieser Felix ist doch der älteste Bruder von Lukas aus unserer Klasse. Ich werde Lukas mal fragen, ob da was für mich drin ist.“

„Das klingt doch alles ganz gut für den Anfang!“, freute sich Laura und strahlte glücklich. „Ich war aber auch nicht untätig. Obwohl ich zugeben muss, dass ich eigentlich nur Glück hatte. Meine Bettnachbarin war eine Frau Timdorf.“

„Die von der Bäckerei *Timdorf*?“, kombinierte Edith.

„Genau“, bestätigte Laura leise. Im Verschwörerton fuhr sie fort: „Die ist total nett. Wir sind ins Gespräch gekommen und dabei hat sich herausgestellt, dass ihr Mann ein neues Biobrot auf den Markt bringt. Und jetzt kommt's!“

Alle beugten sich gespannt nach vorn.

„Er sucht Werbeträger“, flüsterte Laura, als ob sie gerade ein Staatsgeheimnis ausplaudern würde. „Man muss nicht mehr tun, als ein T-Shirt mit Aufschrift zu tragen. Und falls einer danach fragt, sagt man natürlich, dass das Brot galaktisch gut schmeckt!“

„Und?“, fragte Leonie schulterzuckend.

„Er hat seine Werbeträger gefunden“, antwortete Laura und wartete darauf, dass bei ihren Freunden der Groschen fiel.

„Wen denn?“, fragte Greta mit gerunzelter Stirn.

„Uns?“, rätselte Ida zögernd.

„Genau!“, rief Laura und klatschte in die Hände.

„Wie? Was? Eisberge? Pyramiden?“, stammelte Leonie und schaute unter Kissen und linste hinter die Sofalehne. „Wo ist er? Der Star, den wir hier beherbergen, ohne dass ich etwas davon weiß. Wer ist es? Sarah Connor? Franzi van Almsieck? Michael Jackson? Oder Prinzessin Viktoria von Schweden?“

„Das ist es doch gerade“, erklärte Laura. Sie konnte ihre Begeisterung kaum bremsen. „Herr Timdorf will keine Stars, sondern ganz normale Kinder wie uns. – Wir kriegen im Gegenzug Moneten und so viele Biobrote, wie wir wollen! Wenn unsere Eltern nichts dagegen haben, ist die Sache gebongt.“

„Was sollten die schon dagegen haben?“, meinte Maren.

„Apropos Werbung“, machte Edith auf sich aufmerksam. „Nicht nur *Timdorfs* neues Biobrot braucht Werbung, Naui auch! Wir wollen ja schließlich nicht nur Geld verdienen, sondern auch dafür sorgen, dass die Neuanmeldungen in die Höhe schießen. Und da ist Werbung der einzige Weg. Deshalb habe ich mir überlegt, ob Laura und Rufus nicht so eine Art Werbebrief an Grundschulen mailen können? – War nur so eine Idee!“

„Die ist gut!“, lobte Rufus. „So eine ähnliche hatte ich auch. Ich will mir Auftraggeber suchen, für die ich Homepages entwerfen kann, auf denen ich dann auch Werbung für Naui unterbringen kann!“

„Da mach ich aber mit!“, rief Laura entschlossen.

„Ich habe auch noch einen ziemlich transzendenten Einfall, der allerdings nichts mit Geldverdienen zu tun hat“, warf Rufus ein und machte eine Pause, die wohl der

Spannungssteigerung dienen sollte. Aber anstatt ihn darum zu bitten, fortzufahren, warf Greta einen schnellen Blick auf ihre Armbanduhr und flüsterte Maren zu: „Wir müssen es ihr sagen! Jetzt!"

Damit war Rufus vorläufig aus dem Rennen.

Laura legte den Kopf schräg und fragte: „Was denn? Was müsst ihr mir sagen?" Sie hatte jedes Wort verstanden.

„Was?"

Irritiert schaute sie ihre Freunde an, die verlegen auf dem Boden oder in der Luft umherschauten und sich vor einer Antwort drückten.

„Die Schnepfen wollen auch mitmachen!", stieß Leonie schließlich hervor.

„Deshalb auch die zwei überzähligen Gedecke", bemerkte Laura zähneknirschend. „Ja, seid ihr denn bescheuert? Ausgerechnet die?"

Verlegenes Schulterzucken war die Antwort.

„Sie haben mitbekommen, dass wir Naui vor der Schließung bewahren wollen und da haben sie ihre Hilfe angeboten", versuchte Edith zu erklären.

„Zwischen den Schnepfen und uns herrscht seit der fünften Klasse Krieg", sagte Laura unnötigerweise, denn das war schließlich jedem der Anwesenden bekannt.

„Sie wollen mithelfen, Geld zu verdienen", warf Greta ein. „Und auch wenn sie zwei eingebildete Modepüppchen sind, doof sind sie nicht. Sie haben bestimmt einige gute Ideen!"

„Hör ihnen doch erst mal zu", schlug Maren vor, als sich Schritte näherten und Jule und Lea, die Schnepfen aus der 8B, den Raum betraten. Für beide Mädchen stand schon seit geraumer Zeit fest, dass sie nach Beendigung der Schule Fotomodelle werden würden. Dafür brachten sie auch die besten Voraussetzungen mit sich. Jule war für ihr Alter recht groß und beide waren wirklich hübsch.

Nach einer frostigen Begrüßung setzten sich die Schnepfen an den Tisch und Jule ergriff das Wort.

„Also, wir haben uns zwei Dinge überlegt", demonstrativ warf sie ihre langen, schwarzen Haare in den Nacken. „Zum einen wollen Lea und ich eine Typberatung aufmachen. – Der Begriff sagt euch sicherlich nichts, deswegen erkläre ich wohl besser, was ich meine!"

„Das ist doch tittifitti", rief Leonie. „Ihr meint doch nichts anderes, als dass ihr Leuten erklären wollt, was denen am besten steht. Wie sie die Haare tragen sollen oder welche Farben angesagt sind."

„Na, Lockenköpfchen, du kannst ja richtig denken", rief Lea mit gespielter Überraschung.

Laura schnaubte, beschloss aber erstmal Ruhe zu bewahren.

„Und dann wäre da noch eine Sache!", verkündete Jule stolz und schenkte sich Limo ein. „Die ist so abgefahren! Wenn die funktioniert, kassiert die Schule auf einen Schlag mächtig viel Kohle!"

„Was für eine Art Idee soll das denn sein?", fragte Laura skeptisch.

„Habt ihr euch schon mal überlegt, wie die Leute vom Film an die Häuser oder Geschäfte für ihre Dreharbeiten kommen?", fragte Lea mit verschlagenem Blick und begann ihre schulterlangen, hellblonden Haare zu einem Zopf zu flechten.

„Nein!“, gab Greta ehrlich zu.

„Mein Onkel ist ein Location Scout. Er sucht Orte, die sich zum Drehen eignen. Und Naui ist ja wohl echt eine absolut coole Location“, stellte Jule klar und nahm einen großen Schluck Limo.

„Und wenn ganz nebenbei noch die weibliche Hauptrolle für Jule abfallen sollte, hätte sie bestimmt auch nichts dagegen“, säuselte Leonie Ida ins Ohr, die sich ein breites Grinsen nicht verkneifen konnte.

„Ich habe meinen Onkel schon angerufen. Er schaut sich die Schule an, sobald er aus L.A. – für die Babys unter uns – Los Angeles zurück ist“, sagte Jule abschließend und warf Beifall heischende Blicke um sich. Laura biss sich auf die Unterlippe. Sie ärgerte sich schwarz, dass sie nicht auf eine ebenso brillante Idee gekommen war. Da traf Jules Blick auf Maren. Diese hatte ihre Ausführungen so gebannt verfolgt, dass sie vollkommen vergessen hatte das Eisteeglas hoch zu halten. Als sie sich jetzt einen Keks nahm und gierig hineinbiss, blitzten die stählernen Brackets in ihrem Mund auf.

Jule riss die Augen auf.

„Der Feuermelder trägt ja Schneeketten!“, kreischte sie und schlug amüsiert die Hände zusammen.

„Meine Brackets kann ich rausnehmen, aber du wirst Zeit deines Lebens aus der Dachrinne saufen können“, konterte Maren. Jeder konnte sehen, wie Anton in diesem Moment vor Stolz auf Maren zu platzen drohte. Nur Laura wusste, dass Maren trotz ihrer Schlagfertigkeit bis ins Tiefste getroffen war. Die Schnepfen sollten sich nur in Acht nehmen!

„Hört mir mal zu“, sagte Laura mit leiser, schneidender Stimme. „Entweder wir schließen jetzt und sofort für die Dauer unserer Zusammenarbeit Frieden und jeder von uns benimmt sich dementsprechend oder wir können es gleich bleiben lassen! Dann arbeiten wir alleine und Jule und Lea tun das auch!“

Blankes Entsetzen zeichnete sich auf den Gesichtern der Schnepfen ab und zu Lauras großer Überraschung lenkte Jule tatsächlich ein: „O.K., aber nur weil es um Naui geht!“ Dann wandte sie sich an Maren und stieß mit gepresster Stimme hervor: „Soll nicht mehr vorkommen. ’Tschuldigung!“

„Tut mir auch Leid“, erwiderte Maren gleichgültig und begann sich ganz plötzlich für einen Kekskrümel zu interessieren.

Edith räusperte sich verlegen. Dann fragte sie: „Sind die Vorschläge von Lea und Jule damit angenommen?“

„Ja!“, bestätigten die Anwesenden.

„Darf ich jetzt auch mal was vorschlagen?“, nutzte Rufus blitzschnell die Gefechtspause der Mädchen. Ohne auf eine Antwort zu warten, schlug er vor: „Ich habe eine Idee. – Wie wäre es, wenn wir uns noch Hilfe von ganz oben holen würden?“ Mit ausgestrecktem Zeigefinger deutete er Richtung Zimmerdecke.

„Vom Himmel?“, fragte Anton verständnislos nach. „Wie willst du das denn machen?“

„Nicht direkt vom Himmel“, stellte Rufus klar. Dann ließ er die Katze aus dem Sack: „Laura und ich – wir schicken eine E-Mail an den Papst!“

Jule konnte sich ein leises „Typisch Computerwanze!“ nicht verkneifen.

„Au ja, komm, das ist ein intergalaktischer Einfall!“, rief Laura begeistert und sprang auf. „Wenn uns der Bischof nicht helfen kann, dann aber bestimmt der Papst. – Komm, das erledigen wir sofort!“

„Der EDV-Raum ist über das Wochenende abgeschlossen“, bremste Greta Laura aus.

„Was sind das denn für neue Sitten?“, beschwerte die sich. „Wir dürfen doch jeden Tag von 16.00 Uhr bis 17.00 Uhr unter Frau Wilkes Aufsicht an die PCs und ins Netz gehen. Wieso heute nicht?“

Frau Wilke war nicht nur die Deutschlehrerin der 7A, sondern auch für die gesamte EDV des Internates verantwortlich und Leiterin der Computer AG.

„Weil Frau Wilke nicht da ist“, antwortete Ida und fügte betrübt hinzu: „Sie ist übers Wochenende verreist. Und die Buschtrommeln verraten, dass sie irgendwo ein Vorstellungsgespräch haben soll!“

Laura dachte einen Moment lang nach, dann wandte sie sich mit ungebremstem Elan an Rufus: „Was ist mit den PCs in Rabenberg?“

„Worauf warten wir?“, rief Rufus und schon eilten die beiden los.

Eine E-Mail an den Papst und andere Aktionen

Als Laura und Rufus den EDV-Raum des Jungeninternates Schloss Rabenberg betraten, waren nur wenige der PCs besetzt. Laura und Rufus grüßten den aufsichtführenden Lehrer und suchten sich einen freien PC. Der Anblick der Schülerinnen vom benachbarten Mädcheninternat war in Rabenberg schon längst nichts Ungewöhnliches mehr. Die Schulen führten häufig gemeinsame Projekte durch und sowohl Frau Dr. Rath als auch der Leiter des Jungeninternates begrüßten eine enge Zusammenarbeit zwischen den Schülerinnen und Schülern. Die Kinder durften sich gegenseitig besuchen und ihre Freizeit gemeinsam verbringen. Allerdings mussten sie um 18.30 Uhr wieder in ihren jeweiligen Internaten sein. Gerade als sich Laura auf dem Stuhl vor dem PC niederlassen wollte, schob Rufus sie zur Seite.

„Es ist wohl besser, wenn ich das mache", sagte er und quetschte sich an ihr vorbei. „Du kannst doch mit dem Gipsarm gar nicht richtig tippen!"

Laura seufzte, hockte sich auf die Tischplatte neben die Tastatur und legte ihren eingegipsten rechten Arm vorsichtig auf ihren Schoß.

Rufus drückte auf eine Taste und der eben noch dunkle Bildschirm leuchtete auf.

„Na, dann wollen wir mal!", rief er tatendurstig und schon huschten seine Finger über die Tastatur.

Laura konnte das Ergebnis der Internet-Recherche einfach nicht fassen: „Der Papst hat keine eigene E-Mail-Adresse? – Das kann doch nicht sein!“

Rufus rutschte mit dem Stuhl zurück und breitete bedauernd die Hände aus. „Es ist aber so. Bis auf die Internet Adresse des Vatikans ist in keiner Suchmaschine etwas zu finden!“

„Na, toll!“, meckerte Laura. „Und was jetzt?“

„Jetzt werden wir ihm einen altmodischen, stinknormalen Brief schreiben und den mit der guten, alten Post verschicken“, antwortete Rufus.

„Das ist ja wie im Mittelalter!“, beschwerte sich Laura.

„Sei lieber froh, dass du ihn nicht persönlich zu Pferde nach Rom bringen musst!“, frotzelte Rufus und öffnete das Schreibprogramm.

Die Aktionen der anderen starteten zu Beginn der nächsten Woche. Maren und Leonie radelten nicht nur zum Kieferorthopäden, sondern statteten auch der Halterin der sechs Yorkshire Terrier einen Besuch ab. Leonie behielt Recht. Die etwas rundliche Hundeliebhaberin fütterte ihre kleinen Lieblinge nicht nur fortwährend mit für Hunden höchst ungesunden Pralinen, sondern die armen Yorkshire Terrier hatten wirklich Schleifchen in den Haaren. Leonie musste sich ganz schön ins Zeug legen, um die besorgte Dame davon zu überzeugen, dass ihre kleinen Schätzchen bei ihr gut aufgehoben waren. Aber Leonie schaffte es. Maren hatte da weniger Glück. Die Besitzerin des Café May teilte ihr mit Bedauern mit, dass sie unmöglich eine Dreizehnjährige bei sich einstellen könne, denn das sei Kinderarbeit und nicht erlaubt. Das Gleiche bekam Ida zu hören, als sie sich um die Stelle des Stallknechts bemühte. Weil Ida sich aber trotzdem nützlich machen wollte, übernahm sie die Koordination der Aktionen. Sie entwarf einen Stundenplan, in den sie eintrug, wer wann wohin musste und wer – Maren oder Laura – als Alibi fungierte, damit sich im Falle eines Falles niemand verquatschte. Edith brauchte sie dabei nicht zu berücksichtigen, denn ihre Nachhilfestunden erteilte sie in der Schule. Außerdem übernahm Ida die Aufgabe des Kassenwarts. Sie nahm das eingenommene Geld gegen Quittung in Verwahrung und führte auch Buch. Maren gelang es, für sich und Greta einen Babysitterjob zu ergattern. Als sie nämlich tatsächlich einen Termin bei ihrem Kieferorthopäden wahrnahm, erzählte dieser, dass seine Frau einen Babysitter für ihre drei Monate alte Tochter Kim suche, damit sie stundenweise wieder in seiner Praxis arbeiten könne. Zwar erschien ihm Maren etwas jung, aber als sie ihm vorschlug sich bei Greta Verstärkung zu holen, ohne das Doppelte zu berechnen, wollte er ihnen eine Chance geben.

Laura und Rufus hatten schon nach kurzer Zeit ihren ersten Auftrag als Webdesigner. Denn Felix von *Felix' Flinke Flitzer* wollte eine neue Homepage haben und konnte sich vor Antons penetranten Lobeshymnen auf seine Freunde nur durch die Auftragserteilung retten. Außerdem verbrachten Laura und Rufus viel Zeit damit, E-Mail-Adressen der Grundschulen aus dem Netz zu ziehen, an die sie dann ihr Werbeschreiben, das Edith aufgesetzt hatte, verschickten.

Das neue *Timdorf* Biobrot ließ weder die Mädchen noch die Jungen in Begeisterungsstürme ausbrechen, aber alles in allem fand es ihre Zustimmung. Und so konnten sie mit gutem Gewissen und der Erlaubnis ihrer Eltern die T-Shirts mit der Aufschrift *Timdorf hat's drauf – fit mit Biobrot* und dem Konterfei des neuen Brots tragen.

Es dauerte gar nicht lange und die Typberatung der Schnepfen war der Geheimtipp im Mädcheninternat. Schon bald mussten die gefragten Beraterinnen Termine vergeben, um ihren Kundinnen zu lange Wartezeiten zu ersparen. Bereits nach zwei Wochen zeigte sich ein deutlicher Trend in der Farb- und Frisurenwahl der Schülerinnen von Kloster Nauheim. Lea und Jule empfahlen bevorzugt Pastelltöne und offenes Haar.

Selbst die Lehrer konnten nicht umhin, diese wunderliche Massenbewegung zu bemerken.

„Karl der Große wurde am 2. April 747 geboren. Er

starb am 28. Januar 814 in Aachen", las Maren der Bitte Schwester Cosimas folgend die Lebensdaten des Frankenkönigs vor.

Diese schritt in ihrem langen wallenden Ordensgewand langsam durch die Klasse und musterte geistesabwesend ihre Schülerinnen. Sechs von ihnen trugen Werbe-T-Shirts für *Timdorf Biobrot*, während der Rest in Rosa, Blassblau, Hellgelb und Mint-Grün daherkam. Erst als sich Unruhe breit machte, bemerkte die Geschichtslehrerin, dass Maren zu Ende gelesen hatte.

„Ihr seht heute alle so gleich aus", wunderte sie sich. „Und seit wann lauft ihr Werbung für Biobrot?"

„Das Brot schmeckt und Pastelltöne sind megain!", gab Leonie bereitwillig Auskunft.

„Aha!", sagte die Ordensschwester und zu sich selbst flüsterte sie: „Da muss doch irgendetwas anderes dahinterstecken!"

Kopfschüttelnd machte sie auf dem Absatz kehrt und schritt zum Lehrerpult zurück.

„Dann wollen wir mal sehen, wie Kaiser Karl die Jahre zwischen 747 und 814 so verbracht hat", kündigte die Ordensschwester an und begann ihren Vortrag.

Ansonsten blieben den Lehrern die Aktivitäten ihrer Schülerinnen verborgen. Auch wenn es manchmal gar nicht so leicht war, gelang es den Mädchen aufgrund ihrer guten Organisation, alles unter einen Hut zu bekommen: Unterricht, die AGs, die Hausaufgaben, das Lernen und ihre Jobs. Nur ihre Arbeit für den Schulsender *Radio School Life* mussten sie im Moment auf ein Mindestmaß reduzieren, aber so sollte es ja nicht für ewig weitergehen.

Eines Nachmittags schlenderten Maren und Greta gemütlich mit der kleinen Kim im Kinderwagen durch die Stadt. Sie hatten das Baby gut zugedeckt und waren mit ihm solange durch den Stadtpark marschiert, bis es tief und fest eingeschlafen war. Jetzt befanden sie sich auf dem Rückweg zur Praxis des Kieferorthopäden. Schon seit Wochen kannte Maren nur noch ein Thema: Anton im Allgemeinen; Anton im Speziellen und noch mal Anton. Den ganzen Spaziergang über hatte sie von nichts anderem gesprochen. Gretas zaghafte Versuche, ihre Freundin auf die braungefärbten Blätter oder die eifrigen Eichhörnchen aufmerksam zu machen, wurden von ihr einfach ignoriert. Sie hatte jetzt wirklich keine Augen für die Schönheit des Herbstes.

„Also, eigentlich bin ich immer noch etwas stinkig. Der kann mich doch nicht einfach so auf den Boden scheppern lassen, bloß weil mein oberdoofer Bruder uns belauscht, oder?“, beschwerte sie sich bestimmt zum fünfzigsten Mal. Greta hatte mittlerweile verstanden, was Maren von ihr erwartete. Nicken und den Mund halten.

Also nickte sie und schwieg.

„Aber die Idee mit dem Spaziergang finde ich total süß“, fuhr Maren ungebremst fort, während sie sich bemühte, mit dem Kinderwagen auf dem Bürgersteig nirgendwo anzuecken.

„Natürlich habe ich auch schon mit Laura darüber gesprochen und sie meint, ich solle mir wegen meiner Brackets nicht unnötig den Kopf zerbrechen. Sie meint, dass ihn meine Brackets ganz bestimmt nicht stören. Schließlich weiß er ja von meinem idiotischen, gehirnamputierten

Bruder, was Sache ist, und er hat mich trotzdem eingeladen." Maren stemmte den Kinderwagen eine Bordsteinkante hoch und Greta verdrehte völlig entnervt die Augen. Offensichtlich stand sie kurz davor, den Heldentod zu sterben.

„Anton hat mich jetzt schon zum dritten Mal gefragt, ob und wann wir unseren Spaziergang machen. Langsam muss ich mich entscheiden!", sprudelte Maren munter weiter, ohne auch nur im Geringsten zu bemerken, dass Greta sich für ihr Lieblingsthema scheinbar gar nicht begeistern konnte.

„Greta!", Maren blieb wie angewurzelt stehen und fasste ihre Freundin am Handgelenk. „Kennst du dieses Gefühl?"

„Welches?", seufzte Greta hoffnungslos.

„Immer wenn ich Anton sehe, ist es, als ob Tausende von Schmetterlingen in meinem Bauch flattern würden!"

Leise Geräusche aus dem Kinderwagen verrieten, dass Kim der Meinung war, dass sie nun lange genug geschlafen hatte. Greta beugte sich zu ihr hinunter und flüsterte: „Wir sind gleich bei dir zu Hause. Du musst nur noch einen klitzekleinen Moment durchhalten!" Sie steckte dem Baby den Schnuller in den Mund, an dem es leise schmatzend zu saugen begann, und richtete sich wieder auf. Der Blick die Straße hinunter ließ sie erstarren.

„Verdammter Mist, da kommt die Wilke aus der Buchhandlung!", zischte sie Maren zu und ehe die sich versah, zerrte Greta sie mitsamt dem Kinderwagen vor das Schaufenster eines Frisiersalons. In der Schaufensterscheibe beobachteten sie mit angehaltenem Atem, wie ihre Deutschlehrerin, wie immer mit ihrer großen Ledertasche ausgerüstet und in einem Buch blätternd, über den Bürgersteig schlenderte. Genau hinter den beiden Freundinnen blieb sie plötzlich stehen. Sie klappte das Buch zu. Während sie ihre Tasche öffnete, hatte Greta genug Zeit, um das Spiegelbild des aufgeprägten Buchtitels zu entziffern: „Gedichte von Heinrich Heine" las sie. Ob Frau Wilke wohl das Buch für den Deutschunterricht in der 7A gekauft hatte? Immerhin nahmen sie gerade Gedichte durch. Aber da verschwand der dicke Wälzer auch schon in der großen Tasche und die Deutschlehrerin nahm nun in aller Ruhe ihre Brille von der Nase und begann sie zu putzen. Greta warf Maren einen Blick zu, der so viel besagte wie: „Muss sie ausgerechnet hier ihre Gläser polieren?"

Frau Wilke war schrecklich kurzsichtig. Und ihre Kurzsichtigkeit wurde von Jahr zu Jahr schlimmer. Mittlerweile war sie ohne ihre Brille praktisch blind wie ein Maulwurf. Aber mit Brille sah sie schärfer als ein Luchs.

Es war genau die Art von Begegnung, vor der Maren und Greta Angst gehabt hatten. Eine Lehrerin erwischt sie beim Flanieren mit dem Kinderwagen, während Maren sich eigentlich im Behandlungsstuhl des Kieferorthopäden und Greta im dazugehörigen Wartezimmer befinden sollte. Auweia, das konnte jetzt aber ganz schön ins Auge gehen! Hoffentlich verhielt Kim sich bloß ruhig!

Maren umklammerte den Griff des Kinderwagens. Ihre Hände wurden feucht, denn Kim war eindeutig immer noch wach. Sie bewegte sich im Kinderwagen. Wenn sie jetzt schreien und Frau Wilke in ihre Richtung schauen würde, wären sie geliefert.

Ohne auch nur einen Blick um sich zu werfen, setzte Frau Wilke aber ihre Brille wieder auf und marschierte weiter.

Die Freundinnen atmeten hörbar auf.

„Das nenne ich echtes Schwein!“, stöhnte Greta.

Keine Minute zu früh spuckte Kim jetzt den Schnuller aus und brach in ein infernalisches Geschrei aus. Als sei der Teufel hinter ihnen her, machten sich die Mädchen mit dem Kinderwagen aus dem Staub. Das war ja gerade noch mal gut gegangen!

Ein Spaziergang im Park

Es war an einem Donnerstagnachmittag, als Laura sich nach den Hausaufgaben mal wieder auf den Weg in den EDV-Raum machte, um mögliche Empfänger ihres Schulwerbebriefes herauszusuchen und sie dann mit der entsprechenden E-Mail zu versorgen. Glücklicherweise war sie nicht mehr auf Rufus' Unterstützung an der Tastatur angewiesen. Der Gips war vor zwei Wochen abgenommen worden. Da ihr Ellenbogengelenk aber immer noch schmerzte, hatte ihr der Orthopäde Krankengymnastik verschrieben. So konnte sie sich besser bewegen und die Clique musste auf kein Alibi verzichten. Als Laura über den Gang schlenderte, warf sie einen gedankenverlorenen Blick aus einem der Fenster auf den Klosterhof hinunter. Schwester Maria Fabiana stand offensichtlich frierend in ihrer Ordenstracht neben einem LKW und beaufsichtigte, wie mehrere Männer schwere Kartons aus der Schule schleppten und ins Innere des Lieferwagens verluden. Anton, Maren und Leonie standen schweigend neben ihr und schauten mit langen Gesichtern zu.

Als Laura den EDV-Raum betrat, waren bereits acht der zehn Computer besetzt. Frau Wilke saß mit gerunzelter Stirn am Lehrerpult hinter ihrem Bildschirm und war so sehr in ihre Arbeit vertieft, dass sie Lauras Eintritt gar nicht bemerkte. Schnell suchte Laura sich einen freien Platz. Sie tippte kurz auf die Enter-Taste und schon flimmerte der Bildschirm auf. Mit einem hastigen Seitenblick vergewisserte sie sich, dass Frau Wilke noch beschäftigt war. Dann loggte sie sich bei ihrem Provider ein. Sie und Rufus hatten sich extra für die Korrespondenz mit den Grundschulen ein eigenes, geheimes Postfach eingerichtet, von dessen Existenz Frau Wilke nichts ahnte. Und so sollte es auch bleiben. Voll Spannung wartete sie darauf, ob sie heute eine Rückfrage zu ihrem Werbebrief oder gar eine Neuanmeldung in ihrer Mailbox vorfinden würde. Bis zu diesem Tag war ihre Werbeaktion leider erfolglos geblieben und das musste so schnell wie möglich anders werden. Das Bild auf dem Schirm änderte sich. Laura biss sich auf die Unterlippe und las lautlos:

Sie haben 0 neue Nachrichten

Lauras Enttäuschung war groß. Nichts! Schon wieder nichts! Sie meldete sich ab und ging in eine Suchmaschine, um sich auf die Jagd nach noch nicht angeschriebenen Grundschuladressen zu machen. Da öffnete sich lautlos die Tür zum EDV-Raum und Maren huschte herein. Schnell trat sie neben ihre Freundin und flüsterte ihr aufgeregt ins Ohr: „Laura, ich glaube, ich sterbe gleich. Anton ist unten, um mich abzuholen. Wir machen jetzt unseren Spaziergang. Mann, bin ich aufgeregt!“

Laura stellte mit hochgezogener Augenbraue klar: „Du musst ja nicht hingehen!“

„Um nichts in der Welt würde ich mir einen Spaziergang mit Anton durch die Lappen gehen lassen!“, erwiderte Maren schnell.

„Nun mach schon, dass du wegkommst!“, lachte Laura kopfschüttelnd. „Sonst wandelt dein Romeo noch ohne dich durch die Nachmittagssonne!“

Maren schnippte mit den Fingern und sagte: „Stop! – Ich weiß echt nicht, wo ich meine Gedanken habe. – Ich soll dir von Leonie ausrichten, dass sie unten auf dich wartet. Du hast einen Termin bei der Krankengymnastin!"

„Habe ich das?", fragte Laura nach.

„Oh, ja!", gab Maren bestimmt zurück. Dann beugte sie sich tief zu Laura hinunter und wisperte: „Zumindest muss Leonie gleich die niedlichen Vierbeiner ausführen!"

„Ach, so!", flüsterte Laura. Während sie die Suchmaschine verließ, raunte sie Maren zu: „Wir haben immer noch keine einzige Reaktion auf unseren Werbebrief!"

„Wie denn auch?", versuchte Maren ihre Freundin aufzumuntern, als sie leise auf die Tür zugingen. „So etwas dauert seine Zeit."

„Hoffentlich nicht zu lange!", seufzte Laura. Als die beiden Mädchen den Raum verließen, blickte Frau Wilke kurz auf und alle drei nickten sich zum Abschied zu.

„Allerdings ..." Maren zögerte, dann fuhr sie mit belegter Stimme fort. „Viel Zeit scheinen wir wirklich nicht mehr zu haben. Schwester Maria Fabiana lässt gerade alle Bücher aus der Klosterbibliothek verladen. Anton hat sie gefragt, wo die Bücher hinkommen. Und sie hat gesagt, dass sie für das Mutterhaus bestimmt sind."

Laura blieb stehen und schluckte. Sie wollte jetzt nicht weinen, sondern stark sein.

„Wir müssen es schaffen!", sagte sie mehr zu sich als zu ihrer Freundin.

Maren nahm sie in die Arme und erwiderte im Brustton der Überzeugung: „Wir werden es schaffen! – Morgen kommt Jules Onkel, der Location Scout, und wenn der sagt, dass Naui als Filmkulisse geeignet ist, haben wir sowieso gewonnen!“

Laura nickte. Ihre Freundin hatte es wirklich geschafft, sie zu beruhigen, sodass sie wenige Minuten später leichten Herzens mit Leonie in die Stadt entschwand.

Anton und Maren spazierten nebeneinander – aber dennoch mit deutlichem Abstand zueinander – durch den Klosterpark. Keiner von ihnen redete auch nur ein Wort. Anton stolperte mit den Händen in den Jackentaschen neben Maren her und schien Probleme zu haben, einen Fuß vor den anderen zu setzen. Während er sich verzweifelt bemühte, dennoch einen möglichst coolen Eindruck zu vermitteln, zermarterte Maren sich ihr Hirn. „Was kann ich sagen? Was könnte ihn interessieren?“, dachte sie immer und immer wieder.

Mit gesenkten Köpfen marschierten sie eine ganze Weile weiter. „Sag endlich was, du blöde Kuh!“, befahl Maren sich selbst. „Der muss ja denken, dass du total behämmert bist!“ Plötzlich legte sie den Kopf schräg und schaute Anton von der Seite her an.

„Was macht dein Job bei *Felix' Flinke Flitzer*?“, fragte sie in der Hoffnung ein gutes Gesprächsthema gefunden zu haben.

„Der Job ist O.K.“, antwortete Anton, ohne aufzuschauen.

Na, prima, das war ja ein voller Erfolg gewesen! Unzufrieden mit sich selbst, trat Maren eine Nuss aus dem Weg. So hatte sie sich den Spaziergang nun wirklich nicht vorgestellt! Nach einigen Schritten blieb Anton mit einem

Ruck stehen. Er holte ganz tief Luft. Was er jetzt zu sagen hatte, schien eine riesige Kraftanstrengung für ihn zu sein.

„Maren, ich habe dich um diesen Spaziergang gebeten, weil ich dich total gerne mag“, sagte er, während er wie wild an seinen Fingern knibbelte und es vermied, Maren anzusehen. „Und du musst dich nicht wegen deiner Brackets schämen. Du bist so schön – auch mit deiner Zahnspange! Das wollte ich dir nur mal sagen!“

Mit offenem Mund starrte Maren Anton an und schmolz förmlich dahin.

„Ich tue, was ich kann, um dafür zu sorgen, dass Naui nicht geschlossen wird, damit wir alle und du und ich nicht getrennt werden. Aber auch wenn wir es nicht schaffen sollten Naui zu retten, möchte ich, dass wir Freunde bleiben. Erst der Entschluss der Generaloberin hat mir gezeigt, dass du mir total wichtig bist! Als gute Freundin, wichtig! Wir können uns schreiben und in den Ferien besuchen! Wollen wir es so machen?“ Anton schluckte schwer. Das war wahrscheinlich die längste Ansprache seines Lebens gewesen. Sein Kopf glühte und sein Zeigefinger blutete ein wenig, von der ganzen Knibbelei.

„Ich möchte auch nicht, dass wir auseinander gehen müssen“, versicherte Maren und schlug die Augen nieder. „Denn ich mag dich auch total gerne. Und falls wir die Schulschließung echt nicht verhindern können, werden wir auf jeden Fall in Kontakt bleiben und wenn es über meinen bescheuerten Bruder ist.“ Sie machte eine kurze Pause und als sie dann fortfuhr, war ihr so bewusst wie nie zuvor, dass das, was sie jetzt sagte, ihr Ernst war: „Du bist mir nämlich echt wichtig!“

Dankbar lächelte Anton sie an, dann drückte er ihr blitzschnell einen Kuss auf die Wange. Maren glaubte zu träumen. Allerdings währte dieser Traum nicht lange, denn ein jäher Schrei katapultierte sie blitzartig in die Realität zurück.

„Esmi, wo bist du?“ Der mit welken Blättern und Ästen gespickte Lockenkopf von Leonie tauchte aus einem Gebüsch auf. Verzweifelt schaute sie sich um. Als sie Anton und Maren sah, rief sie: „Hat einer von euch einen meiner Schleifenhunde gesehen?“

Beide schüttelten die Köpfe. Selbst wenn besagter Hund da gewesen wäre, sie hätten ihn bestimmt nicht bemerkt.

„Er ist mir abgehauen!“, kreischte Leonie hysterisch.

„Wo ist denn Laura?“, wollte Maren wissen.

„Die ist mit den übrigen fünf Hunden in Deckung gegangen. – Ausgerechnet im Klosterpark muss dieser Hund sich verstecken!“ Kopfschüttelnd suchte Leonie weiter. „Hoffentlich erwischt uns keiner!“

„Wie heißt denn der Hund?“, wollte Anton wissen.

„Esmeralda!“, antwortete Leonie und begann, an ihrem Daumennagel zu kauen.

„Komm, Anton, wir helfen mit!“, entschied Maren und schon stiegen sie zu dritt durch das Unterholz.

„Esmi!“, lockte Leonie mit tränenerstickter Stimme den Yorkshire Terrier. „Komm zur lieben Leonie!“

„Esmeralda!“, säuselte jetzt auch Maren. Aber es ließ sich kein Hund blicken.

„Ich darf mir gar nicht vorstellen, was die *Vierbeinermutti* mit mir macht, wenn ich ihr erklären muss, dass einer ihrer Lieblinge das Weite gesucht hat!“, jammerte Leonie.

„Du kannst aufhören, dir Sorgen zu machen“, verkündete Anton, während er rückwärts aus dem Gestrüpp gekrochen kam. Auf dem Arm hielt er den kleinen Ausreißer.

„Tausend Dank!“, seufzte Leonie erleichtert und riss ihm den Hund aus dem Arm. „Komm, Esmi! – Wir machen jetzt besser die Biege!“

Traumfabrik trifft Wirklichkeit

Der Freitagmorgen begann für die 7A mit dem Deutschunterricht. Sofort erkannte Greta in dem dicken Buch, das Frau Wilke aus ihrer Tasche zog, den Wälzer wieder, dessen Spiegelbild sie und Maren in der Schaufensterscheibe gesehen hatten. Deshalb wunderte es sie auch nicht, als ihre Deutschlehrerin verkündete: „Wir wollen uns nun von Friedrich Schiller bis auf Weiteres verabschieden und wenden uns ab heute dem lyrischen Werk von Heinrich Heine zu."

Sie blätterte in dem Buch, stellte sich in Positur und las:

„Nachtgedanken von Heinrich Heine
Denk ich an Deutschland in der Nacht,
Dann bin ich um den Schlaf gebracht …"

In der sich anschließenden Englischstunde bei Schwester Cosima stand Landeskunde von Wales und Schottland auf dem Stundenplan. Und nach einer Doppelstunde Sport, an der Laura nicht teilnehmen musste, sondern von der Bank aus zusah, wie ihre Freundinnen sich beim Volleyball abmühten, mussten sich die Mädchen für ihre Differenzialfächer trennen. Während Edith, Ida und Laura als zweite Fremdsprache Latein gewählt hatten, war Gretas, Leonies und Marens Wahl auf Französisch gefallen. Aber in der letzten Unterrichtsstunde für diesen Schultag waren sie dann wieder vereint. Während Edith keinerlei Probleme mit der Berechnung von Termen hatte und die anderen sich wenigstens bemühten, diesem mathematischen Geheimnis auf die Spur zu kommen, zog Ida es vor, den längst fälligen Kassensturz durchzuführen. Das Ergebnis konnte sich mehr als sehen lassen, sodass sie beim Mittagessen ihrer Clique und den Schnepfen stolz verkünden konnte: „Bis heute haben wir es auf 1.256 Euro gebracht!“

Die Mädchen brachen in laute Jubelrufe aus und fielen sich ohne Ausnahme glücklich in die Arme. Frau Dr. Rath und die wenigen Lehrer, die sich an dem großen Quertisch versammelt hatten, wunderten sich zwar etwas über den spontanen Freudentanz der Mädchen, schenkten ihm aber keine weitere Beachtung. Die meisten Lehrer und Schülerinnen waren nach der letzten Unterrichtsstunde mit gepackten Taschen in ein Besuchswochenende aufgebrochen, sodass nur eine Hand voll Mädchen Zeuginnen dieses Spektakels wurden.

„1.256 Euro! – Mann, dafür muss ne Oma ganz schön lange stricken!“, freute sich Jule. „Und zusammen mit den Jungs haben wir die Kohle in wenigen Wochen verdient! – Abgefahren!“

„Was Frau Dr. Rath wohl dazu sagen wird?“, fragte sich Edith.

„Die wird Bauklötze staunen!“, meinte Maren glücklich.

„Und falls mein Onkel dann auch noch ein geeignetes Filmprojekt an der Hand haben sollte, das hier realisiert werden könnte, wären wir die Königinnen der Schule“, rief Jule händereibend.

Die Königinnen der Schule in spe drückten sich nach dem Mittagessen zusammen mit Rufus und Anton vor dem Haupteingang des Mädcheninternates herum und erwarteten voll Ungeduld die Ankunft von Jules Onkel. Die wurde nicht müde, die Wartezeit mit Anekdoten aus dem Leben ihres Onkels im Filmgeschäft zu verkürzen.

„Mein Onkel kennt natürlich nicht nur deutsche Stars", schnatterte sie. „Er arbeitet ja im internationalen Showbusiness. Hollywood ist für ihn sein zweites Zuhause."

„Was du nicht sagst!", gab Laura genervt zurück.

Genau in diesem Moment fuhr eine schwarze Limousine die Auffahrt zum Internat hinauf.

„Da kommt dein Onkel!", rief Greta Jule zu.

„Dann müsste er ein neues Auto haben", gab Jule zweifelnd zurück.

Als die Limousine auf gleicher Höhe mit den Kindern war, glitt auf der Fahrerseite die getönte Scheibe hinunter und ein Chauffeur in schnieker Uniform näselte: „Ist das hier Schloss Rabenberg, oder sollte ich mich etwa verfahren haben?"

„Wenn Sie nach Rabenberg wollen, sind Sie hier falsch", informierte Ida den Chauffeur. „Hier sind Sie im Internat Kloster Nauheim gelandet."

„Nach Rabenberg müssen Sie …", drängelte Anton sich vor, und während er versuchte, einen Blick ins Innere des Wagens zu erhaschen, erklärte er dem Fahrer wild gestikulierend, wie er sein eigentliches Ziel erreichen könnte. Die Limousine drehte und glitt fast lautlos die Auffahrt wieder hinunter.

Mit offenem Mund blickte Anton dem Wagen hinterher. Dann stieß er einen anerkennenden Pfiff aus.

„Was hast du?“, fragte Rufus und tippte seinem Freund auf die Schulter.

„Das ist so abgefahren, das glaubt ihr mir nie!“, sagte Anton tonlos, während er immer noch die Auffahrt hinunterstarrte.

„Was denn?“, erkundigte sich Laura.

Ungläubig schüttelte Anton den Kopf. „Ich kann es noch gar nicht fassen“, stammelte er. „Im Fond des Wagens saßen zwei Männer.“

„Weiter!“, drängelte Lea. „Muss man dir denn jeden Wurm einzeln aus der Nase ziehen?“

„Der eine war ein ziemlich alter Typ“, fuhr Anton fort.

„Und?“, fragte Ida schulterzuckend. „Was ist daran so abgefahren?“

„An dem natürlich nichts“, erwiderte Anton gereizt. „Aber der andere, der war … Also, ihr denkt bestimmt, ich spinne. Aber der andere war, Rocko Jones!“

Kaum hatte er den Namen des berühmten Popstars ausgesprochen, da brachen die Mädchen auch schon in wildes Gekreische aus.

„Rocko Jones!“, schrie Leonie. „Wieso hast du nichts gesagt? – Ich hätte ihn sofort um ein Autogramm gebeten!“

„Beruhigt euch mal wieder, ihr Hühner!“, sagte Rufus, dem der Wirbel, den die Mädchen veranstalteten, ganz schön auf die Nerven ging. „Seine Musik ist cool. Aber ihr müsst ja nicht gleich total ausflippen, bloß weil er hier auftaucht. Und außerdem, was will Rocko Jones auf Rabenberg?“

„Vielleicht will er seinen Bruder dort anmelden“, mutmaßte Greta hoffnungsvoll.

„Das wäre ja ... das wäre ja ...“ Maren fehlten die Worte.

„Da! Da kommt Detlef!“, unterbrach Jule und schien glücklich, sich endlich wieder in den Vordergrund spielen zu können. Sie rannte auf den Jeep zu, der wenige Meter vor ihnen zum Stehen kam.

„Hi, Jule, nice to see you!“, grüßte ihr Onkel wild Kaugummi kauend und sprang mit einer Videokamera in der Hand aus dem Jeep. Während Onkel und Nichte sich zur Begrüßung in die Arme fielen, flüsterte Leonie Ida zu: „Guck dir den mal an! Der ist ja ein richtiger Freak!“

„Stimmt“, nickte Ida. „Irgendwie passt der absolut nicht zu Jule!“ Detlef sah ganz anders aus. Seine raspelkurzen Haare waren quietschlila gefärbt und in jedem Ohr steckten mindestens fünf Brillantstecker. Im Kontrast zu diesem eher punkigen Erscheinungsbild trug er einen edlen, schwarzen Designermantel über einem ebenso teuren Anzug, den er mit einem weißen Hemd kombiniert hatte. Abgerundet wurde das Ganze durch knallrote Turnschuhe und eine ebenso rote, eckige Brille.

Schnell machte Jule ihren Onkel mit Rufus, Anton und den Mädchen bekannt.

„O.k., kommen wir zur Sache!“, sagte Detlef geschäftsmäßig und ließ seinen geschulten Blick über die Fassade des Klosters gleiten. „Time is money, wie wir in den Staaten sagen. Das ist also die Location, die ich mir ansehen soll?“

„Genau, du wirst sie lieben!“, versicherte Jule, hakte sich bei ihm unter, und während die anderen im Gänsemarsch folgten, begann sie die Führung durch die Schule.

Jule bestand darauf, dass sich ihr Onkel alles ganz genau ansah: den Park, den Speisesaal, die Klassenräume, die Schlafzimmer, die Turnhalle, die Aula, den EDV-Raum, die Redaktion von *Radio School Life* und die Kapelle – einfach alles. Hier und da äußerte der Location Scout seine Begeisterung durch laute „Ohs“ und „Ahs“ oder schrille *fantastic*-Rufe und filmte alles wie ein Weltmeister. Die Klosterführung endete schließlich dort, wo sie begonnen hatte, nämlich vor dem Haupteingang des Mädcheninternats.

„Und?“, fragte Jule hoffnungsvoll. „Meinst du, Naui würde sich als Filmlocation eignen?“

In den Blicken der Kinder, die sich jetzt auf den Location Scout richteten, spiegelten sich Angst, Zuversicht und Vorfreude. Der Mann war so begeistert von dem Schulgebäude gewesen, da konnte doch eigentlich nichts mehr schief gehen, oder?

„Das ist eine absolut irre Location!“, kam da das erlösende Urteil.

Die Kinder freuten sich unbändig. Laura fiel Maren in die Arme, Leonie hopste wie ein Känguru und die anderen klatschten sich gegenseitig in die Hände.

„Nur …“, zögerte der Location Scout. Erschrocken hielten die Kinder inne.

„Nur, was?“ Jule schaute ihren Onkel forschend an.

„Nur brauch ich natürlich das geeignete Projekt. Und das habe ich im Moment nicht. Aber, wer weiß, vielleicht in ein, zwei Jahren“, überlegte Detlef und schaltete die Videokamera aus. „Ich nehm euch auf jeden Fall in meine Kartei auf! – So eine coole Location …!“

Enttäuscht ließen die Kinder die Schultern hängen. Aus der Traum vom schnellen Geld!

„Besuch?“, erklang da plötzlich die Stimme von Frau Dr. Rath. Sie und Schwester Maria Fabiana waren unbemerkt aus dem Haupteingang getreten.

„Ehm“, nur für einen kurzen Moment wusste Jule nicht so recht, was sie erwidern sollte. Aber dann hatte sie sich schon gefasst und antwortete wahrheitsgemäß: „Ja! Richtig! Ich habe Besuch gehabt. Mein Onkel wollte mich mal wiedersehen. Detlef, das ist Frau Dr. Rath, unsere Direktorin, und das ist Schwester Maria Fabiana vom Mutterhaus. Und du wolltest doch gerade gehen!“

Die drei Erwachsenen begrüßten sich. Obwohl Jule sich alle Mühe gab, ihren Onkel in Richtung Jeep zu drängen, blieb er wie angewurzelt stehen und gab so Frau Dr. Rath die Gelegenheit zu sagen: „Es sah eher so aus, als ob Sie hier seien, um die Schule zu filmen.“ Sie ließ ihren skeptischen Blick über den Location Scout und die Videokamera in dessen Hand gleiten. „Schwester Maria Fabiana und ich haben jedenfalls bei einem Blick aus meinem Bürofenster diesen Eindruck gewonnen.“

Bevor Jule etwas erwidern konnte, öffnete ihr Onkel schon den Mund und sprudelte los: „Der Eindruck trügt Sie nicht, gute Frau. Meine Nichte hat mich in meiner Eigenschaft als Location Scout hierher gebeten.“

Frau Dr. Rath tauschte mit Schwester Maria Fabiana einen kurzen Blick, unterbrach ihn aber nicht.

„Und ich muss zugeben, dieses Gebäude, dieser Park, die Räumlichkeiten. Das alles ist so – wie soll ich sagen – so ursprünglich! Schlicht ein Traum“, schwärmte Detlef.

„Ich kann mir dies alles ganz fantastisch als Filmkulisse vorstellen, nur habe ich im Moment keine geeignete Anfrage in der Schublade. Aber wenn eine solche Kulisse gesucht werden sollte, weiß ich ja jetzt, wo ich sie finden kann. Und im Übrigen springt dabei auch eine ganze Stange Geld heraus!" Nach diesem Redeschwall warf er einen Blick auf seine Armbanduhr, zog seine Visitenkarte hervor und reichte sie Frau Dr. Rath. „Leider mahnt die Zeit. Es warten noch mehr Objekte auf meine Begutachtung", entschuldigte er sich und machte Anstalten zu gehen. „Ich werde mich bei Ihnen melden, sobald ich ein geeignetes Projekt an der Hand habe. Bis dahin!"

Er winkte allen zum Abschied zu, rief Jule und den Kindern noch einen Gruß zu, stieg in seinen Jeep und raste die Auffahrt hinunter. Kaum war der Wagen außer Sicht, fragte Frau Dr. Rath mit hochgezogenen Augenbrauen: „Unsere Schule als Filmkulisse?"

„Wir hätten schon noch mit Ihnen darüber geredet", versuchte Greta ihre Direktorin zu beschwichtigen. „Aber wir wollten erstmal hören, ob Jules Onkel überhaupt Interesse hat!"

„Ihr müsst schon zugeben, dass das eine ziemliche Schnapsidee von euch war", meinte die Direktorin. Dann fuhr sie kopfschüttelnd fort: „Dreharbeiten! An unserer Schule! Undenkbar!"

„Ja, aber warum denn nicht?", fragte Jule erstaunt. „In den Ferien hätten die doch niemanden gestört. Und die Produktionsgesellschaften zahlen wirklich eine Menge Geld, wenn sie ein Gebäude mieten. Das kann ich Ihnen sagen!"

„Und dieses Geld hätten wir für den Erhalt von Kloster Nauheim echt gut gebrauchen können!“, erklärte Maren eifrig. Es war ganz bestimmt das erste Mal, dass sie Jule zustimmte.

„Aber daraus wird ja nun leider nichts!“, seufzte Anton.

„Ihr wolltet das Geld für die Schule haben?“, fragte Schwester Maria Fabiana ganz gerührt. „Ihr seid aber süß!“

Frau Dr. Rath legte den Kopf schräg und betrachtete Rufus, Anton und die Mädchen. Dann fragte sie zögernd: „Habt ihr vielleicht auch etwas mit diesen seltsamen Anrufen zu tun, die ich in letzter Zeit erhalte. Ständig habe ich irgendwelche Grundschuldirektoren an der Strippe, die sich danach erkundigen, ob ich der Absender eines per E-Mail versandten Werbebriefes über Kloster Nauheim bin.“

„Ohne Werbung steigen doch die Anmeldungen nie!“, gab Laura zu bedenken.

„Ich hätte mir wirklich denken können, dass du hinter der Sache steckst, Laura. Computer und du, das sind ja zwei untrennbare Geschichten“, sagte Frau Dr. Rath kopfschüttelnd. „Ich möchte dich bitten, keine weiteren Werbemails zu verschicken.“

„Sie wissen aber auch nicht, was Sie wollen!“, meldete sich Rufus zu Wort. „Ich denke, die Schule soll wegen zu geringer Anmeldungen geschlossen werden. Jetzt haben wir uns einen Weg überlegt, wie man dafür sorgen kann, dass Naui mehr Schülerinnen bekommt, und dann ist es auch nicht richtig!“

„Rufus“, startete Frau Dr. Rath einen Erklärungsversuch. „Die Neuanmeldungen würden erst das nächste

Schuljahr betreffen. Bis dahin kann sich die Schule nicht über Wasser halten. Das ist das Problem!"

„Moment!", rief Ida plötzlich und zog aus ihrem Hosenbund das Kassenheftchen hervor. Dann trat sie zu Frau Dr. Rath und der Ordensschwester und verkündete voller Stolz: „Das ist kein Problem. Sehen Sie, wir zehn Kinder haben in unserer Freizeit 1.256 Euro für Naui verdient. Und wenn das nicht reichen sollte, dann können doch alle mitmachen. Die ganze Schule. Dann werden wir bestimmt so viel verdienen, dass wir die Zeit bis zum nächsten Schuljahr damit überbrücken können. Ich meine ..."

„Was habt ihr getan?" Fassungslosigkeit, Ergriffenheit und Ungläubigkeit spiegelten sich auf dem Gesicht der Direktorin.

„Maren und ich haben babygesittet. Anton hat in einem Fahrradladen gejobt. Laura und Rufus haben Homepages designt. Edith hat ...“, Greta zählte alle edlen Taten der Freunde und der Schnepfen auf und am Ende sagte sie, „... und das Ergebnis sind 1.256 Euro!“

Schwester Maria Fabiana zückte ein Taschentuch und täuschte einen Hustenanfall vor, um ihre Tränen vor den Kindern zu verbergen.

„Wir wollen unsere Schule behalten!“, sagte Edith leise, als Frau Dr. Rath immer noch schwieg.

Nach einer Weile flüsterte die Direktorin: „Daher die vielen Besuche beim Kieferorthopäden, beim Orthopäden und dann bei der Krankengymnastin!“

„Wir mussten schwindeln, denn sonst hätten wir ja nie so viel Geld zusammenbekommen“, erklärte Laura.

„Aber wisst ihr denn nicht, dass ich das Geld gar nicht annehmen darf? Und ich kann euch auch nicht erlauben zu jobben. Das geht nicht!“ Frau Dr. Rath rang mit ihrer Fassung. „Ich finde es schön, dass ihr so sehr an eurer Schule hängt, aber trotzdem war das nicht der richtige Weg!“, sagte sie nachdrücklich.

„Außergewöhnliche Umstände erfordern außergewöhnliche Maßnahmen!“, belehrte Maren ihre Direktorin. „Es geht um unsere Schule! Da können Sie ja wohl mal ein Auge zudrücken!“

„Nicht der richtige Weg?“, brauste Jule auf.

„Was hätten wir denn sonst tun sollen?“, fragte Laura nicht minder aufgebracht.

Die Direktorin zuckte mit den Schultern und presste die Lippen aufeinander. Als sie sich wieder im Griff hatte, stellte sie klar: „Es gibt keine Werbemails mehr. Ihr gebt eure Jobs auf und das Geld spendet ihr für einen wohltätigen Zweck. Und so weh es uns allen auch tut: Naui wird geschlossen werden. Die Würfel sind nun mal gefallen und wir müssen uns mit den Realitäten abfinden. Ob es uns gefällt oder nicht!"

Mit diesen Worten wandte sich Frau Dr. Rath zum Gehen und betrat gefolgt von einer schluchzenden Schwester Maria Fabiana wieder das Schulgebäude.

„Das war es dann wohl!", zischte Lea wütend.

„Niemals hätte ich gedacht, dass Frau Dr. Rath so starrsinnig sein könnte", schimpfte Ida wütend. „Da hört man einmal auf die Erwachsenen und versucht sich für etwas einzusetzen, da ist es auch wieder falsch!"

„Genau!", stimmte ihr Rufus zu.

Greta schüttelte den Kopf: „Wir präsentieren ihr die Lösung all unserer Probleme auf dem Tablett und was macht sie?"

„Sie macht alles kaputt!", beantwortete Leonie mit tränenerstickter Stimme Gretas Frage.

„Aber nicht mit uns. Das kann ich euch versprechen! – So kampflos geben wir uns nicht geschlagen!", widersprach Maren nach einer Weile. „Eine Möglichkeit haben wir nämlich noch!"

„Was hast du vor?", fragte Anton stellvertretend für alle.

Maren warf ihre langen roten Haare in den Nacken und sagte: „Die sollen uns kennen lernen! Montagmorgen lassen wir die Bombe platzen!"

„Was für eine Bombe?", riefen Laura, Edith und die Schnepfen im Chor. Aber an Stelle einer Antwort bedeutete Maren den anderen ihr zu folgen und hüpfte fröhlich in Richtung Park davon.

Es ist Schule und keiner geht hin

Die Mädchenclique, Rufus, Anton und die Schnepfen waren von Marens Idee begeistert. Nur Edith wurde nicht müde, ihre Bedenken anzubringen. Jetzt mussten nur noch die anderen Schülerinnen vom Internat Kloster Nauheim von Marens geheimen Plan in Kenntnis gesetzt und überzeugt werden. Denn ohne die Mitarbeit aller wäre an eine Umsetzung gar nicht zu denken. Eigentlich hatte Maren sich überlegt, ihren Vorschlag über *Radio School Life* zu verbreiten, aber die anderen hatten sie davon abhalten können. Deshalb gingen sie nun nach dem Prinzip *Stille Post* vor. Als am Sonntagnachmittag die anderen Schülerinnen aus ihrem verlängerten Wochenende zurückkamen, wurden sie bereits erwartet. Die Freunde und die Schnepfen hatten sich auf die Aufenthaltsräume von Unter-, Mittel- und Oberstufe verteilt, nahmen dort jede in Empfang, die sich blicken ließ, und weihten sie ein. Alle waren auf Anhieb mit dem Vorschlag der Freunde einverstanden und versprachen, die Nachricht weiterzuflüstern, bis dass wirklich alle informiert wären. Deshalb herrschte an diesem Abend beim gemeinsamen Essen ein unterschwelliges Gemurmel im Speisesaal. Frau Dr. Rath und die anderen Lehrerinnen und Lehrer waren es zwar gewohnt, dass es bei den Mahlzeiten ab und zu mal laut werden konnte, aber dieses konzentrierte Stimmengewirr, das ohne eine Veränderung in der Lautstärke auskam, gefiel ihnen gar nicht. Es roch förmlich nach Verschwörung und dieser

feine Geruch kitzelte den Lehrern in den Nasen. An diesem Abend gingen alle Bewohner des Mädcheinternates – ob Lehrer oder Schülerinnen – aufgeregt zu Bett. Irgendetwas würde passieren, nur was?

Die Antwort auf diese Frage bekamen die Lehrerinnen und Lehrer am nächsten Morgen um Punkt 8.00 Uhr.

Mit einem Bildband über Wales unter dem Arm betrat Schwester Cosima pünktlich mit dem Klingelzeichen das Klassenzimmer der 7A.

„Guten Morgen, meine Lieben!“, grüßte sie und schritt, ohne einen Blick in den Klassenraum zu werfen, zielstrebig auf das Lehrerpult zu. Sie schlug das Buch auf und blätterte darin.

„Ich möchte euch heute …“, setzte sie an und stockte.

Erst jetzt fiel ihr die beklemmende Stille auf, die sie umgeben hatte, seitdem sie einen Fuß in das Klassenzimmer gesetzt hatte. Keine Stimmen, kein Husten, kein Lachen – nichts! Langsam wandte sie den Kopf und blickte in den Klassenraum. Leer! Nicht eine Menschenseele! Schwester Cosima legte einen Finger ans Kinn und schritt nachdenklich an den verwaisten Pulten entlang. Wenn sie jetzt so recht darüber nachdachte, war ihr schon auf den Treppen und Korridoren keine einzige Schülerin begegnet. Wo waren die nur hin? Beim Frühstück waren noch alle anwesend gewesen. Eine wirklich seltsame Geschichte!

Da drangen vom Flur her aufgeregte Rufe in das Klassenzimmer. Schwester Cosima eilte zur Tür und riss sie auf. Eine Traube von Lehrern hatte sich auf dem Flur gebildet. Frau Wilke, die Kunstlehrerin Frau Saalmüller, Herr Schmitz, der Musiklehrer, und noch viele andere schnatterten durcheinander. Da bogen Frau Ortlink und Frau Dr. Rath um die Ecke.

„Das müssen Sie sich mal vorstellen, Frau Dr. Rath“, redete die Sportlehrerin auf die Direktorin ein. „Ich war vollkommen alleine in der Turnhalle. Und auch die Umkleidekabinen waren unberührt. Nicht eine Schülerin ist zu meinem Sportunterricht erschienen! Das ist ein Boykott!“

Als die beiden Lehrerinnen ihre Kollegen erreicht hatten, verstummten diese und Frau Dr. Rath fragte: „Sehe ich das richtig, dass keine einzige Schülerin zum Unterricht gekommen ist?“

Die Lehrer nickten und sofort brachen sie in lautes Geschnatter aus, denn jeder wollte erzählen, wie es ihm an diesem Morgen Schlag 8.00 Uhr ergangen war.

„Das ist ein Streich!“, rief ein Lehrer.

„Nein, nein! Ein Schulboykott ist das und der gehört bestraft!“, korrigierte Frau Ortlink ihren Kollegen.

„Wo können die Kinder denn nur stecken?“, verschaffte sich Schwester Cosima über den allgemeinen Tumult hinweg Gehör.

„Also, wenn ich das richtig verstanden habe, sind alle Klassenzimmer leer“, fasste Frau Dr. Rath analytisch zusammen. „Chemie-, Physik-, Biologie- und Musiksaal ebenso?“

Die zuständigen Lehrer nickten bestätigend.

„Die Turnhalle auch“, überlegte die Direktorin. „Da bleibt eigentlich nur noch die Aula übrig! Hat jemand in der Aula nachgesehen?“, wandte sie sich an ihre Kollegen. Nein, daran hatte keiner gedacht.

„Na, dann wollen wir doch mal sehen, ob wir unsere verlorenen Töchter nicht dort wiederfinden können!“, sagte die Direktorin. Unter ihrer Führung eilten die aufgeregten und teilweise verärgerten Lehrerinnen und Lehrer in die Aula. Schon von weitem verkündeten Stimmen, Rufe und Lachen, dass Frau Dr. Rath mit ihrer Vermutung Recht gehabt hatte. Als die Lehrer die Aula betraten, sahen sie sich allen Schülerinnen des Mädcheninternates gegenüber. Von der fünften bis zur dreizehnten Klasse hockten sie hier beieinander, schnitten Pappen zurecht, bemalten und beschrieben diese und klebten Holzlatten darauf. Frau Dr. Rath schaute dem ganzen Treiben eine Weile zu, dann räusperte sie sich und fragte mit erhobener Stimme in die Aula hinein: „Darf ich mich mal erkundigen, warum ihr nicht in euren Klassen seid?“

Mit einem Schlag wurde es mucksmäuschenstill und die Blicke der Schülerinnen hefteten sich auf ihre Direktorin. Es war Maren, die sich erhob und mit fester Stimme antwortete: „Wir streiken!“ Unter lautem Jubel und Beifall ihrer Mitschülerinnen setzte sie sich im Schneidersitz und mit verschränkten Armen wieder auf den Boden.

„Das ist ja eine Unverschämtheit!“, regte sich Frau Ortlink sofort auf. Aber Frau Dr. Rath bedeutete ihr mit einer Handbewegung, zu schweigen.

„Ihr streikt“, sagte sie. „Für was streikt ihr denn?“

„Für den Erhalt unserer Schule!“, erwiderte Jule scharf. „Wir lassen es uns nämlich nicht einfach so gefallen, dass Naui über unsere Köpfe hinweg geschlossen wird!“, ergänzte Laura.

Lauter Beifall und dröhnende „Naui“-Rufe schlugen den Lehrern wie ein scharfer Wind entgegen.

Frau Dr. Rath wartete, bis der Chor leiser und leiser wurde und sagte dann mit ruhiger Stimme: „Ich verstehe, dass euch die Schließung der Schule nicht behagt.“ Pfiffe!

„Glaubt mir doch bitte, dass wir Lehrer auch sehr traurig darüber sind und es ebenso wie ihr lieber sähen, würde die Schule weiterbestehen. Aber an der Schließung ist nun mal nicht zu rütteln. Deshalb ersuche ich euch dringend, jetzt eure Klassenzimmer aufzusuchen und wieder am Unterricht teilzunehmen! – Seid doch vernünftig!“

„Nein!“

„Niemals!“

„Wir streiken!“

Wieder skandierten die Schülerinnen: „Naui, Naui, Naui!“

„Schüler dürfen nicht streiken! Ihr setzt euch ins Unrecht!“, brüllte da Frau Ortlink in den Chor hinein.

„Meine Rede!“, schrie Edith Greta ins Ohr, aber die winkte nur ab und fiel in das ohrenbetäubende „Naui“-Geschrei ein.

Langsam wurden die Rufe leiser.

„Das hat doch alles keinen Sinn mehr, Kinder“, versuchte es jetzt Frau Wilke.

„Solange die Schule noch nicht verkauft ist, hat alles noch einen Sinn“, gab Ida zurück. „Und sie ist doch noch nicht verkauft, oder?“

Frau Dr. Rath holte tief Luft und sagte: „Nein, wir haben noch keinen Käufer gefunden. Aber dennoch! – Schluss jetzt! Ich sehe ein, dass heute kein Unterricht mehr möglich ist. Aber ihr geht jetzt auf eure Zimmer und beruhigt euch.“

Die Schülerinnen erstarrten stocksteif und verstummten. Keine von ihnen machte Anstalten aufzustehen.

„Wir bleiben hier!“, verkündete Leonie entschlossen. „Keine zehn Pferde bekommen uns von hier fort!“

Frau Dr. Rath nickte. „Und die Plakate sind für eine Demonstration gedacht?“, fragte sie, obwohl sie die Antwort schon kannte.

„Genau. Heute Nachmittag findet eine große Demo für Naui statt. Wenn Sie auch dafür sind, dass Naui erhalten bleibt, sind Sie herzlich eingeladen, mitzumachen“, sagte Lea und machte sich wieder an ihrem Plakat zu schaffen.

Frau Dr. Rath ließ die Mädchen trotz vereinzelter Proteste ihrer Kollegen gewähren. Was hätte sie auch tun können! Von der Drohung mit Strafarbeiten, Mülldienst oder gar einem Schulverweis hätten sich die Mädchen nicht schrecken lassen. Dazu kannte sie ihre Schülerinnen viel zu gut.

Am Nachmittag stellten sich die Schülerinnen von Internat Kloster Nauheim unterstützt von Rufus und Anton vor dem Haupteingang auf. Es war plötzlich sehr kalt geworden und ein eisiger Wind ließ den Kindern nicht nur die Nasen frieren. Mit Schals, dicken Jacken, Handschuhen und Mützen ausgestattet, trugen die Demonstranten stolz ihre Plakate und Schilder vor sich her in Richtung Stadt.

Laura, Maren, Anton, Rufus, Edith, Leonie, Greta, Ida und die Schnepfen führten den Zug an. Die meisten von ihnen hatten sich beschriebene oder bemalte Schilder um den Hals gehängt. Leonie und Ida zogen auf einem Bollerwagen eine Tafel hinter sich her, die sie beidseitig mit Kreide beschrieben hatten:

Wir geben nicht auf!
Naui wird es ewig geben!

Während sie mit Handrasseln einen ohrenbetäubenden Lärm produzierten, riefen sie immer wieder lauthals: „Wir lassen uns unsere Schule nicht wegnehmen!“

Zwei Mädchen aus der Oberstufe schlugen dazu ihre Trommeln.

Einige der Leute, die in der Kälte eilig von Geschäft zu Geschäft hasteten, blieben stehen und lasen die Aufschriften auf den Plakaten, Schildern und Transparenten:

Rettet unsere Schule!
Wir sind keine Möbelstücke!
Wir haben ein Recht auf
Mitbestimmung!!
Warum reden immer alle über,
aber nie einer mit uns?
Wer an der Schule spart,
spart am falschen Ende!
Internat Kloster Nauheim
lebe hoch!

Und auf einem ganz besonders riesigen Schild, das Laura und Maren zwischen sich trugen, stand zu lesen:

Naui forever!

Aber die meisten Leute schüttelten nur verständnislos die Köpfe und setzten ihren Einkauf fort.

„Hohlköpfe!“, beschwerte sich Leonie wütend.

Andere riefen den Kindern zu: „Richtig! Lasst euch nichts gefallen!“

Einige Mädchen aus der Oberstufe waren auf die Idee gekommen, vorab die Lokalpresse über ihre Demonstration zu informieren und an den Ort des Geschehens zu bestellen. Deshalb war auch keines der Mädchen erstaunt, als plötzlich ein Fotograf vor den Demonstrationszug sprang und mehrere Fotos schoss. Die Mädchenclique stöhnte auf, als Jule sich beim Anblick des Fotografen in Positur und vor die Linse warf. Jetzt kam der Zug kurz ins Stocken, als der zum Fotografen gehörende Journalist die

Demonstranten nach ihren Zielen und Beweggründen befragte.

Da hörte Laura plötzlich, wie eine Passantin zu einer anderen sagte: „Die armen Kinder können einem schon Leid tun!“

„Wieso das denn?“, fragte die andere barsch nach.

„Na, hast du denn noch nichts davon gehört?“, wunderte sich die erste. Unauffällig schlich sich Laura ein paar Schritte näher an die beiden Damen heran, um ihrem Gespräch besser folgen zu können. „Sie haben für das Schulgebäude einen Käufer gefunden! Was die armen Kinder hier veranstalten, ist vollkommen umsonst!“

„Ach, was du nicht sagst ...“ Eifrig ins Gespräch vertieft gingen die Damen weiter. Laura riss die Augen auf! Das konnte doch nicht wahr sein! Nein, die Dame musste sich irren. Bis jetzt hatte sich doch auch kein Interessent in Naui blicken lassen. Das wäre sonst irgendjemandem aufgefallen! Ganz bestimmt! Laura holte tief Luft und kam mit sich selbst überein, dass die Dame unmöglich Internat Kloster Nauheim gemeint haben könne. Schließlich hatte ja selbst Frau Dr. Rath gesagt, dass sie noch keinen Käufer für die Schule hätten. Und die log nie! Das war so sicher wie das Amen in der Kirche.

Als der Tross jetzt weiterzog, reihte sich Laura wieder gut gelaunt und siegessicher ein. Mit Sicherheit würde in der Zeitung ein langer Artikel über ihre Demonstration erscheinen; die Leute in der Stadt hatten sie gesehen. Sie hatten auf das ungerechte Vorhaben aufmerksam gemacht und ihren Widerstand gezeigt. Jetzt musste sich doch etwas bewegen, oder?

Alles Gute kommt von oben

Tatsächlich erschien ein Artikel über die Demonstration in der Lokalzeitung. Nur war er bei weitem nicht so lang und ausführlich, wie die Kinder es sich erhofft hatten. Aber immerhin wurde ein Foto mitveröffentlicht, das die Mädchenclique, Rufus, Anton und die Schnepfen dabei zeigte, wie sie wild grölend ihre Plakate und Transparente schwenkten. Darunter stand: *Schüler machen mobil.*

Angespornt von dem Artikel streikten die Schülerinnen des Mädcheninternates auch noch die nächsten Tage. Der Unterricht fiel aus, weil bis auf die Lehrer keiner hinging. Aber als sich nach einer Woche immer noch keine Reaktion auf den Zeitungsartikel oder den andauernden Streik zeigte, bröckelte langsam der Widerstand der Kinder. Schließlich gaben sie auf, stellten ihre Plakate und Transparente in die Ecke und nahmen wieder am Unterricht teil.

Einige Tage später passierte etwas, womit die Kinder am wenigsten gerechnet hatten. Die Computer AG war zu Ende und Laura machte sich auf den Weg ins Erkerzimmer, das Schlafzimmer, das sich die Mädchenclique teilte. Als sie die Tür öffnete und in die Gesichter ihrer Freundinnen schaute, wusste sie sofort, dass etwas nicht stimmte. Leonie und Maren fläzten sich mit traurigen Mienen auf dem Sofa, während Edith wie ein Häuflein Elend an ihrem Schreibtisch saß. Alle drei verfolgten schweigend, wie Greta und Ida schniefend Sachen in ihre Koffer legten. Noch bevor Laura fragen konnte, was hier vor sich ging, setzte Leonie an:

„Eure Eltern sind echt so sch ...!“

„Sag es nicht, Leo!“, hielt Edith sie davon ab, das Sch-Wort zu Ende zu sprechen.

„Was ...?“, stammelte Laura und ließ die Tür hinter sich ins Schloss fallen.

„Gretas und Idas Eltern haben irgendwie den Zeitungsartikel über unsere Demo in die Finger bekommen. Danach sind sie wohl total ausgeflippt“, erklärte Maren.

„Sie haben Frau Dr. Rath angerufen und sie wüst beschimpft. Sie haben ihr vorgeworfen, dass sie eine schlechte Pädagogin sei, dass sie uns nicht unter Kontrolle hätte und dass sie sehr, sehr enttäuscht von Internat Kloster Nauheim seien“, erzählte Greta schniefend.

Ida wischte sich die Tränen aus den Augen und sagte in weinerlichem Ton: „Sie kommen gleich, um uns zu holen. Wir werden dann sofort in diesen Schweizer Elitebunker verfrachtet!“

Fassungslos ließ sich Laura auf eines der Betten plumpsen. Das konnte doch nur ein schlechter Traum sein! Sie würde nie verstehen, was in den Köpfen von Erwachsenen vor sich ging! Eine ganze Weile sah sie genauso wie Maren, Edith und Leonie den Zwillingen beim Packen zu. Dann ließ sie ihren Blick durch das geliebte Erkerzimmer gleiten. Das Sofa, auf dem Maren und Leonie saßen, stand in einem wunderschönen Erker, dessen drei Fenster fast einen Rundumblick ermöglichten. In den drei Etagenbetten hatten sie geschlafen, an den Schreibtischen gelernt und hier hatten sie sich auch häufig gestritten, wieder vertragen und Pläne geschmiedet. Und bald sollte das alles Geschichte sein?

Greta und Ida knallten ihre Koffer zu und vergewisserten sich nochmals, dass sie in den Schränken und Schreibtischen auch nichts vergessen hatten.

„Tja!“, sagte Greta und wandte sich mit Tränen ihren Freundinnen zu. Die erhoben sich langsam und schritten, als ob sie Blei an den Füßen hätten, auf die Zwillinge zu.

„Ich hasse lange Abschiede!“, erklärte Ida mit erstickter Stimme, bemühte sich aber tapfer zu lächeln. „Wir sind ja nicht aus der Welt! Und es gibt ja auch noch die Ferien!“

Die anderen nickten und ließen ihren Tränen einfach freien Lauf. Dann fielen sie sich alle in die Arme. Sie drückten sich und es schien, als ob sie sich nie wieder loslassen wollten. Aber dann lösten sie sich doch aus der Umarmung. Jede nahm ein Gepäckstück der Zwillinge. Als sie auf den Flur hinaustraten, wären sie beinahe mit den Schnepfen kollidiert.

„Wir haben gehört, was passiert ist!“, keuchte Lea.

„Und ob ihr es uns glaubt oder nicht: Es tut uns echt Leid“, versicherte Jule hechelnd. „Können wir irgendetwas tun?“

„Wir bringen Ida und Greta gerade raus“, erwiderte Laura leise.

„Da kommen wir natürlich mit!“, riefen Jule und Lea entschlossen.

Wie in einem großen Trauerzug schritten die Mädchen langsam über Treppen, Korridore und Flure auf den Haupteingang zu. Plötzlich stürmten ihnen Rufus und Anton entgegen.

„Hey, wartet mal!“, keuchte Anton aufgeregt. Die Mädchen blieben stehen.

„Wisst ihr, was passiert ist?“, keuchte Rufus. Die Neuigkeit war zu unglaublich, um eine Antwort abzuwarten.

„Das erratet ihr nie!“, sprudelte es aus Anton heraus. „Schloss Rabenberg ist verkauft worden! Unser Direx hat es uns eben erst gesagt, obwohl der Käufer schon vor ein oder zwei Wochen den Kaufvertrag unterschrieben hat.“

„Eure Schule wird auch geschlossen?“, fragte Edith fassungslos.

„Nein, so schlimm ist es nicht. Die Schule bleibt bestehen. Wir müssen uns nur ein neues Gebäude suchen“, erklärte Rufus. „Ist das nicht total abgespaced? Wir geben uns alle Mühe, um eure Schule zu retten, und da wird unsere hinter unserem Rücken verkauft! – Mann, ich werd die alte Bruchbude ganz schön vermissen!“

„War schon irre, auf einem Schloss zur Schule zu gehen“, bestätigte Anton.

Die Mädchen nickten mitfühlend.

„Und wer ist der Käufer?“, wollte Laura wissen. „Ich meine, was wird aus Schloss Rabenberg?“

„Erinnert ihr euch noch an die schwarze Limousine?“, fragte Rufus.

„Natürlich!“, sagte Edith. „Da war doch dieser Popstar drin, der seinen Bruder auf Rabenberg anmelden wollte.“

„Nicht ganz!“ Anton schaute verschwörerisch zu Rufus hinüber, dann riefen beide im Chor. „Rocko Jones hat Rabenberg gekauft!“

„Den hatte ich ja ganz vergessen!“, rief Leonie.

„Rocko Jones auf Rabenberg?“ Laura riss überrascht die Augen auf.

„Was will der denn mit einer ganzen Schule?“, regte sich Jule auf.

„Wenn Naui nicht geschlossen würde, wäre Rocko Jones unser neuer Nachbar. Das muss man sich mal vorstellen! Wau!“, seufzte Maren. Bei der Vorstellung Rocko Jones im Schlosspark zu treffen, wurde ihr abwechselnd heiß und kalt, aber dann fiel ihr wieder ein, in welcher Situation sie und ihre Freunde sich befanden, und sie schämte sich für ihre Gedankenlosigkeit. Dieser dämliche Rocko Jones!

„Was auch immer Rocko Jones mit Rabenberg vorhat, wir werden es nicht miterleben. Und ich will auch gar nicht mit ansehen, was er aus dem alten Kasten macht! Nicht nur ihr werdet hier weggehen, sondern wir auch!“, erklärte Rufus sachlich.

„Bin mal gespannt, wo wir eine neue Bleibe finden!“, überlegte Anton.

„Eure Schule kann ja Kloster Nauheim kaufen“, schlug Greta bitter vor. „Und vielleicht bleibt für uns dann noch ein Dachkämmerchen übrig!“

Alle lachten gequält.

„Hey!“, rief Laura plötzlich. „Das ist doch die Idee! – Schnell, kommt alle mit!“

Sie ließ Idas Schulranzen achtlos auf den Boden fallen und raste los – die anderen hinter ihr her. Als sie die Tür zu Frau Dr. Raths Büro erreicht hatten, hielt Laura kurz inne, schnappte nach Luft, klopfte schnell an und stürmte hinein. Es störte sie nicht, dass Frau Dr. Rath nicht allein war. Zwei Männer, einer von ihnen ganz in Schwarz, eine Frau und Schwester Maria Fabiana saßen der Direktorin am Schreibtisch gegenüber.

„Frau Dr. Rath“, quasselte Laura hemmungslos drauflos, während sich ihre Freunde und die Schnepfen hinter ihr ins Direktorat drängten, „Schloss Rabenberg ist verkauft worden. Die Jungs brauchen ein neues Schulgebäude. Die Generaloberin und der Bischof sagen, dass ihnen Kloster Nauheim mit so wenig Schülerinnen zu teuer sei. Aber wenn wir eine gemischte Schule daraus machen würden? Die Jungs und wir zusammen auf Naui, dann wären doch genug Schüler da. Dann dürfte doch das Geld …“

„Was machen unsere Eltern denn hier!“, flüsterte Ida Laura entsetzt ins Ohr.

„Und wir könnten alle zusammenbleiben!“, ergänzte Rufus eifrig.

Die Eltern der Zwillinge und die übrigen Erwachsenen hatten sich zu den Kindern umgedreht und waren Lauras Ausführungen interessiert gefolgt. Frau Dr. Rath lächelte Laura glücklich an und Schwester Maria Fabiana konnte sich einen Seufzer der Rührung nicht verkneifen.

„Haben Sie etwas dagegen, wenn ich an Ihrer Stelle antworte, Frau Dr. Rath?“ Die Direktorin schüttelte den Kopf. Der Mann in Schwarz erhob sich, lächelte die Kinder freundlich an und faltete die Hände über seinem dicken Bauch.

„Der Siegelring!“, zischte Edith aufgeregt ihren Freunden zu und deutete mit dem Kopf auf den Mann. Gut, er trägt einen Siegelring, na und, dachte Laura.

„Der Bischof!“, rief Maren und legte eine Hand vor den Mund.

„Ganz recht“, erwiderte der Mann in Schwarz. „Ich bin der Bischof. Ihr habt ja – ich möchte fast sagen – Himmel und Hölle in Bewegung gesetzt, um eure Schule behalten zu dürfen. Und …“

Die Kinder schauten ihn gebannt an.

„Eure Mühen sind tatsächlich belohnt worden!“

Rufus, Anton und die Mädchen glaubten ihren Ohren nicht trauen zu dürfen.

„Euer Brief an den Papst hat seine Wirkung nicht verfehlt. Der Heilige Vater war so begeistert von eurem Einsatz, dass er mich gebeten hat, zu sehen, was sich machen lässt. Zunächst schien die Sache wirklich aussichtslos zu sein. Aber als wir dann erfahren haben, dass Schloss Rabenberg verkauft worden ist, hatten wir die gleiche Idee wie ihr.“ Die Kinder konnten ihr Glück kaum fassen. Der Brief an den Papst! An den hatte keiner mehr gedacht!

„Ich werde eure Schule vom Schwesternorden übernehmen und schon zum nächsten Halbjahr wird Internat Kloster Nauheim die Schüler von Schloss Rabenberg aufnehmen“, fuhr der Bischof fort. „Allerdings müsst ihr euch auf einigen Baulärm einstellen, denn vieles wird um- oder dazugebaut werden müssen.“

„Und was ist mit Ida und mir?“, fragte Greta ängstlich ihre Eltern. „Wenn die anderen bleiben können, dann dürfen wir das doch auch, oder?“

„Natürlich!“, versicherte ihre Mutter. „Frau Dr. Rath hat uns alles erklärt und wir sehen ein, dass sie nicht anders handeln konnte – ebenso wenig wie ihr. Wir sind stolz auf euch, denn ihr habt euch für eure Sache grenzenlos eingesetzt!“

Die Zwillinge und die anderen Kinder strahlten um die Wette.

Plötzlich erhob sich Schwester Maria Fabiana.

„Schwester, wo möchten Sie denn hin?“, wandte sich Frau Dr. Rath an sie.

„Arbeiten!“, war die knappe Antwort.

„Arbeiten?“, wunderten sich die Kinder.

Schwester Maria Fabiana lachte: „Na ja, wenn die Schule jetzt doch bestehen bleibt, muss ich all die Sachen wieder aus dem Mutterhaus hierherholen, die ich mühsam dorthin geschafft habe.“

„Na, da helfen wir doch!“, rief Laura begeistert.

„Ehrensache!“, versicherte auch Jule.

„Wenn ihr Lust habt“, antwortete die Ordensschwester und verließ gefolgt von den überglücklichen Kindern das Direktorat.

„Sie können auf ihre Schülerinnen wirklich stolz sein“, wandte sich der Bischof an Frau Dr. Rath. Die nickte und sagte leise: „Ich weiß!“